Vanessa Bamberger

L'enfant parfaite

LIANA LEVI *piccolo*

ISBN : 979-10-349-0644-4

www.lianalevi.fr

Pour Juliette

« Some go and some stay behind
Some never move at all
Girl in amber trapped forever,
spinning down the hall »
Nick Cave & The Bad Seeds,
« Girl in Amber »

Ouverture

Au moment d'être admis à exercer la médecine, je promets et je jure d'être fidèle aux lois de l'honneur et de la probité.

Mon premier souci sera de rétablir, de préserver ou de promouvoir la santé dans tous ses éléments, physiques et mentaux, individuels et sociaux.

Je respecterai toutes les personnes, leur autonomie et leur volonté, sans aucune discrimination selon leur état ou leurs convictions. J'interviendrai pour les protéger si elles sont affaiblies, vulnérables ou menacées dans leur intégrité ou leur dignité.

Même sous la contrainte, je ne ferai pas usage de mes connaissances contre les lois de l'humanité.

J'informerai les patients des décisions envisagées, de leurs raisons et de leurs conséquences. Je ne tromperai jamais leur confiance et n'exploiterai pas le pouvoir hérité des circonstances pour forcer les consciences.

Je donnerai mes soins à l'indigent et à quiconque me les demandera.

Je ne me laisserai pas influencer par la soif du gain ou la recherche de la gloire.

Admis dans l'intimité des personnes, je tairai les secrets qui me seront confiés.

Reçu à l'intérieur des maisons, je respecterai les secrets des foyers et ma conduite ne servira pas à corrompre les mœurs.

Je ferai tout pour soulager les souffrances. Je ne prolongerai pas abusivement les agonies.

Je ne provoquerai jamais la mort délibérément.

Je préserverai l'indépendance nécessaire à l'accomplissement de ma mission.

Je n'entreprendrai rien qui dépasse mes compétences. Je les entretiendrai et les perfectionnerai pour assurer au mieux les services qui me seront demandés.

J'apporterai mon aide à mes confrères ainsi qu'à leurs familles dans l'adversité.

Que les hommes et mes confrères m'accordent leur estime si je suis fidèle à mes promesses ; que je sois déshonoré et méprisé si j'y manque.

Serment d'Hippocrate

(*Texte revu par l'Ordre des médecins en 2012.*)

Premier mouvement

1

Roxane, septembre 2017

« Le monde est à nous, le monde est à toi et moi »
— Damso, « Macarena » —

Je n'ai pas bien dormi cette nuit. Ma mère l'avait prédit. Je n'ai jamais bien dormi de ma vie, alors la veille d'une rentrée scolaire à Sully, imaginez le souci. Quand je me suis réveillée, elle était déjà partie. Mélanie, c'est parfois plus simple de l'appeler ainsi, Mélanie, ma furie ma mélodie, est altiste. Vous ne savez pas ce que c'est ? Normal, personne ne le sait au lycée. Personne n'est intéressé, la musique classique c'est mort. Un parent concertiste égale un passeport pour la recale sociale.

Bon, un alto est un grand violon. Quelqu'un qui ne s'y connaît pas ne voit pas la différence. C'est le même animal tigré, la même exigence. Comme le violon, il a des ouïes et un chevalet, une tête hirsute en volute, une mentonnière en forme de cuillère. Mais l'alto possède une corde do. Il est le grand frère, la voix grave, une octave au-dessus du violoncelle, un timbre suave. On dit qu'il sert à mettre en valeur le violoniste, plus vif, plus brillant. Pour jouer de l'alto, il faut un écart de doigts exceptionnellement grand. C'est un instrument fatigant. Bref, il va à Mélanie comme un gant.

L'alto de ma mère est italien, il a quatre-vingts ans. Parfois j'ai l'impression qu'elle y est plus attachée qu'à moi, son unique enfant. Vous vous demandez sûrement si je joue de la musique classique. J'ai bien essayé le violon. Mais pour être bon, il faut travailler trois heures par jour. Et se faire crier dessus par un con. J'entrais en cours en tremblant. J'en sortais en pleurant. Je n'étais pas la meilleure. Avec tout le travail du monde je n'aurais pas été la meilleure. Comprenez-moi, je déteste ça.

Aujourd'hui, j'ai envie de m'exprimer d'une autre manière, mais je continue d'apprécier la *Sonate Arpegione* de Schubert. Ne le dites à personne, ce serait la honte. Et j'aime toujours quand ma mère monte dans ma chambre discuter de partitions complexes et de leur interprétation. On dirait qu'elle parle de sexe : elle évoque des frottements subtils, profonds, troublants. Chaque musicien possède son propre accent. Celui de ma mère me plaît vraiment. Si je devais le décrire avec des mots, je dirais qu'il est raffiné, phrasé, en pointillé, qu'il ressemble à un sanglot.

Assez parlé de Mélanie. Elle n'est jamais là et ne mérite pas cette attention. Quoique, ma daronne* fait ce qu'elle peut. Nous vivons, elle et moi, moi surtout, à Paris, dans une petite maison en crépi marron du

---

* Si le sens de ce mot vous échappe, pas de panique. Cela signifie seulement que vous n'êtes pas un ado. Vous pouvez consulter le lexique page 263. Si vous rencontrez par la suite un autre mot bizarre, n'hésitez pas à vous y reporter.

dix-neuvième arrondissement, à une heure de trajet du lycée Sully. Pour l'acheter, ma mère s'est endettée à vie. Elle a dit, il faudra faire attention à ne pas faire n'importe quoi avec le peu d'argent qu'on a.

Pourquoi m'avoir changée d'école à la fin de la troisième, en dépit de mon équilibre jugé précaire depuis le divorce ? Parce que Sully est un des meilleurs bahuts de Paris, un sacerdoce, mais j'y reviendrai. Pourquoi ne pas avoir déménagé dans le Sud, comme mon père ? Parce que Paris est le repaire de Mélanie, le centre de l'emploi, le centre de la vie. En attendant, ma vie je la passe dans le métro. Heureusement que le rap existe. Au fait, j'ai presque dix-sept ans.

L'horloge affiche huit heures dix. Je suis en avance. Rien d'étonnant, je ne suis jamais arrivée en retard un seul jour d'école de ma vie. Mon père s'agaçait, Roxane avale une tisane, calme-toi enfin, t'es zinzin. Dès mes sept ans, je préparais le café et les tartines pour que mes parents gagnent du temps.

Ce matin, le soleil brille tellement qu'on dirait qu'une kalach crache de la lumière sur la façade en briques roses et pierre meulière. Le lycée Sully occupe un pâté de maisons de la rue de Liège, dans le neuvième arrondissement, près du métro du même nom. Ça n'a rien à voir mais j'adore le liège, écolo, isolant, résistant. Et léger. Le monde entier devrait être en liège. Frank Lloyd Wright a été l'un des premiers à s'en servir comme revêtement décoratif et acoustique pour son concept d'architecture organique. Comment je sais ça ? J'aurais aimé faire archi, mais d'après mon père il n'y a pas de débouchés pour cette filière. Il m'a avertie, Roxane ma caille c'est bien beau de rêver mais c'est pas la vraie vie, entre en prépa et après tu verras. Avant d'ajouter, je t'ai faite parfaite, tu ne vas pas tout gâcher.

Je passe par la grande porte de bois clouté surmontée d'un écusson. La devise à son fronton, *Festina lente*, signifie « hâte-toi lentement », le genre d'oxymore qu'adore l'Éducation nationale. Sully est l'un des plus anciens établissements de France. Il compte une tour fortifiée, deux cloîtres arborés, un escalier ouvragé, une bibliothèque voûtée. Mes parents se pâment dès qu'ils y mettent les pieds, tu as tellement de chance, un si bel endroit pour étudier. Comme si on en avait quelque chose à carrer de l'architecture médiévale. J'aime le design, pas les pierres tombales.

Rose se jette sur moi. Je la regarde et je la trouve fraîche. J'aime sa dégaine. Bien qu'elle soit blanche et blonde, elle a tressé ses cheveux à l'africaine. Une coiffure qui, si je devais y soumettre ma fine chevelure châtain, me défigurerait, vu la taille de mon nez. Je suis grande, ni belle ni moche, physique basique classique.

Aujourd'hui je porte un T-shirt blanc et un jean slim, rien d'extravagant. Un peu de mascara, deux bracelets dorés qui tintent doucement. Rose a revêtu sa carapace, petit haut court et bas de jogging, banane en bandoulière, créoles en or, grosses baskets Adidas. Résultat, on crève toutes les deux de chaud mais, comme dit Rose, pas question qu'on montre nos jambes aux frérots.

Rose s'habille et parle comme une fille de la tess, sauf qu'elle habite un duplex sur le parc Monceau avec son père banquier et sa mère qui travaille chez BP. Elle méprise ses parents, en particulier Delphine, sa mère, qui s'habille comme une cagole, mange des steaks et jette ses mégots par la vitre de sa Mini Cooper. Rose a déjà essayé le sexe avec une fille, le plan à trois, la cons', l'alcool défonce. Demandez-moi la liste de mes exploits, je ne vous donnerai pas la réponse.

Lyna nous rejoint avec son joli visage brun, ses cheveux frisés, sa nonchalance séduisante, son aisance. Je l'observe tournoyer les bras levés dans sa robe d'été à petits pois bleutés. Elle est fine et c'est une vraie fille, Lyna. La plus girly de nous trois. Elle vit à Montmartre, son père est réalisateur et sa mère prof de yoga, tellement flippée que Lyna se fait géolocaliser quand elle prend un Uber en rentrant de soirée. Si sa mère savait comment on les passe, nos soirées.

Vous vous interrogez peut-être sur ce qui nous réunit, Rose, Lyna et moi. Nous étions dans la même classe en seconde, à Sully, et sommes toutes les trois très, mais vraiment très bonnes élèves. Nous partageons nos centres d'intérêt, nos rêves. Petite, je dépensais mon argent de poche en dictionnaires et livres scolaires supplémentaires. À dix ans, j'ai lu *Les Misérables* et ma mère l'a raconté à toutes ses amies. Du coup je me suis sentie obligée de lire *Le Comte de Monte-Cristo, L'Assommoir* et *Le Père Goriot.* Ça avait l'air de lui faire tellement plaisir. Aujourd'hui Mélanie me chante sans cesse la même rengaine, ma chérie tu ne me poses aucun problème, ma vie est déjà si difficile, ta solidité me fait tenir. C'est vrai, je ne pose aucun problème, c'est pour ça qu'on m'aime.

Je suis heureuse de retrouver mes deux amies, même si, à l'instant où Ferdinand et les autres se dirigent vers nous, j'ai le sentiment que ce sont elles deux qu'ils regardent, pas moi, même si Ferdi est mon meilleur ami mon frère, même s'il m'appelle mec et connaît bien ma mère. Est-ce mon nez qui les fait reculer ? J'ai l'impression qu'il a encore grossi cet été. Le reste de mon visage ne parvient pas à le rattraper.

L'année n'a pas commencé et je me sens déjà de trop, comme si je ne faisais pas vraiment partie de mon propre groupe de potos. Comme si mon unique fonction était d'être l'amie de Rose et de Lyna, et de fournir des renseignements à leur sujet.

En société, je parais timide et réservée. On ne me connaît pas. De ma vie je ne suis que spectatrice. Il me reste la rêverie salvatrice. Mais cette année tout va changer, ai-je décidé, je vais oser. Cette année le monde sera à moi, personne pour me stopper. Parfois je me sens si vivante.

J'entre en première S, les maths et la physique, ça je maîtrise. Dans deux ans, cette spécialité n'existera plus, mais d'ici là, nous sommes quarante élèves en première S3, la meilleure du lycée, la plus réputée. La S3, une usine à fusées.

Le professeur principal fait son entrée dans la salle. Une prof de maths, je ne la connais pas. Cheveux gris, visage carré virilisé, gilet long, pattes courtes et des dents comme des morceaux de charbon. Elle fume, c'est sûr, sa respiration bourdonne. Le genre à décrocher Sully au terme d'une bonne carrière, sauf que celle-là n'a pas l'air d'avoir lâché l'affaire. Elle s'appelle Mme Chareau, Sylvie Chareau, et je ne sais pas si je vais lui plaire. Elle nous délivre son discours, du délire, de pire en pire. Vous êtes l'élite de la France, vous avez une chance inouïe d'être ici. Prix Nobel, médaillés Fields et ministres sont sortis de Sully. Que votre futur soit à la hauteur, rien de moins sûr. Elle regarde sa montre. À partir de... maintenant, neuf heures, chaque note compte. Votre dossier commence à se constituer dès ce soir et conditionne l'obtention d'une bonne classe préparatoire. Pour Parcoursup, seul compte le classement. Vu le programme de maths et mon niveau d'exigence, relativement important, je vous souhaite bonne chance.

Moi qui croyais qu'on avait passé l'époque de l'ambition, que tout ce que les adultes voulaient à présent, pour eux et pour leurs enfants, c'était être heureux et épanouis. Putain d'hypocrites.

Au moins Sylvie Chareau accepte-t-elle de nous parler. Pas comme Maurice Perrier, le prof de maths de l'année dernière. Perrier a passé l'année le dos tourné à écrire au tableau sans nous dire un seul mot.

À présent, l'enseignante nous fait remplir une fiche avec les adresses mail de nos darons pour les avertir en cas de faiblesse. Je fais exprès de me tromper. Je pourrai toujours invoquer la panique. Puis elle nous distribue un polycopié, et à partir de ce moment ça va très vite. Mon cerveau se branche en mode chrono. J'ai à peine le temps de mettre mes pensées en ordre. Dans mon ventre, la boule de stress se reforme. C'est l'un des symptômes du syndrome de l'enfant parfait. J'ai l'habitude d'être angoissée au lycée.

Devant moi, Ferdinand lève la main pour poser une question. Intimidé, il se met à bégayer. Chareau écarquille les yeux pour bien montrer sa surprise, et son agacement. Elle l'arrête. Attendez, je ne comprends rien à ce que vous racontez, il faut vous calmer ! Après ça Ferdinand ne dit plus rien. Sur la feuille la prof a imprimé un cours succinct, une poignée de formules, et maintenant elle se lance dans une démonstration bon train. À la fin de l'heure elle nous donne une liste d'exercices à faire pour le lendemain. Il y en a pour trois heures au moins. On se regarde, affolés. On ne sait pas très bien si on doit rire ou pleurer. Ferdi place son index sur sa tempe pour signifier que cette prof-là est donc, tout comme Perrier, complètement fêlée, puis rejette sa tête en arrière et éjecte sa main. Il fait mine de se flinguer.

En ouvrant la porte de la maison, je reconnais le son délicat de l'*Introitus* du *Requiem* de Mozart. De l'entrée où je me trouve, j'aperçois Mélanie et ses trois collègues répéter. Une formation en étoile au centre du salon ovale. Tous les quatre s'entraînent les uns chez les autres, mais le plus souvent chez nous, car ma mère est la seule à habiter une maison, et même si le pavillon est minuscule et fort mal isolé au-dedans, il protège le dehors du son.

Avant, nous habitions en appartement. Comme ma mère répète matin et soir, nous commencions à avoir de sérieux problèmes avec le voisin du troisième, un vieux Croate surnommé Ratatat. J'avais donné le nom du duo new-yorkais à ce rageux parce qu'il lançait leur titre *Seventeen Years* dès que ma mère touchait à son archet. Je ne sais pas si vous connaissez. Il vaut mieux aimer l'électro pour apprécier. C'est mon cas, pas celui de Mélanie, à qui ce genre de musique rappelle trop Cyril, mon père, mais ça aussi, j'y reviendrai.

Je reste un moment à observer les quatre musiciens. Ils me font penser à des chardonnerets en cage, en proie à l'anxiété et au chagrin. Ils rejouent les mêmes passages, encore et encore, les mêmes phrases, je n'entends pas d'accord. À force de regarder leurs jambes ne pas bouger et leur torse se balancer, je crois voir des flammes de cierge vaciller. L'air est chargé de tension, comme si quelque chose allait exploser dans le salon. Ma mère semble si concentrée qu'une vilaine veine a gonflé au milieu de son front.

Le quatuor court le cacheton. Mélanie n'est pas moins douée que les autres. C'est le principe du manque de chance. Toutes ces heures de travail dans la balance pour quatre-vingts euros brut par service, quelle injustice. Ils ne sont pas prêts pour la prochaine tournée, une série de petites salles en province. Chacun grince et en attribue le tort aux autres. Moi, je crois toujours que ce qui m'arrive de mal est de ma faute, ma mère c'est tout le contraire. Aux adultes, il faut un bouc émissaire.

Petite, j'aimais écouter l'*Introitus* et même, je dansais. Oui, je sais, je suis bizarre. Mais ce soir Mozart me semble monotone. Je me fais cuire des pâtes en écoutant ma propre musique, au casque. *Si je n'étais pas fou, je deviendrais sûrement dingue.* Les mots de Lonepsi crépitent dans ma tête telle l'eau des spaghettis.

Ma mère juge le rap pauvre musicalement, le son calibré, identique d'un morceau à l'autre, les mêmes samples, les mêmes boucles. Elle en parle comme d'une coiffure, comme si la musique classique ressemblait à un chignon compliqué et le rap à des cheveux lâchés. Dès qu'une partition ne contient pas de jeu en triple corde ni d'arpèges, elle a du mal à concevoir qu'on appelle ça de la musique. Elle dit Rap pour Rhythm and Poetry? Tu parles, des machos qui chantent que les meufs sont des putes, des brutes qui crient suce-moi et concentre-toi. Elle est horrifiée. Elle ne comprend pas que les mots des rappeurs sont, comme ceux des ados, à prendre hors contexte. Nos injures ont besoin de sous-texte.

Plus tard, j'entends des éclats de voix dans l'entrée. Je soupçonne Mathieu le violoncelliste, un type revêche avec un sérieux problème de mèche, d'avoir couché avec ma mère. Je le soupçonne de se taper aussi la violoniste, elle-même en couple avec l'autre violoniste, vous suivez ? C'est le risque du quatuor : la ronde infernale.

Quand Mélanie entre dans mon espace vital, il est vingt-trois heures et je fais semblant de dormir. Ça la rassure, et je n'ai pas envie de lui décrire ma journée. Je suis soulagée d'avoir répondu à tous ses textos, es-tu bien en première S3, t'a-t-on bien donné les codes Pronote, la prof de maths te semble-t-elle compétente, autrement elle me réveillerait séance tenante. Je m'endors vers deux heures du matin, à grand renfort de musique et de gélules antistress qu'elle m'achète par boîtes de vingt. Avant de sombrer, j'ai une pensée pour Chareau. Je prie pour demain, je prie pour ne pas avoir faux.

Une dernière chose : je vous parle mais je ne désire nullement vous connaître.

2

François, janvier 2019

« J' vise plus l' sommet »

— PNL, « Au DD » —

Depuis la fenêtre de son cabinet médical, François peut apercevoir le centre commercial de Bois d'Arcy et son immense Leclerc habillé de faux papier peint rayé et de colombages en plastique rouge et beige. La grande surface avale et déverse en rafale des centaines de clients à l'heure. Quelques-uns traversent la départementale pour se diriger vers le centre de cardiologie, un bâtiment vieillot coincé entre Flair'Allure, salon de toilettage canin, et Le Soleil du Sud, restaurant méditerranéen.

Le jour où il lui avait fait visiter les lieux, son père avait ironisé. « C'est une bonne idée. Les gens vont maintenant chez le médecin comme ils vont faire leurs courses. Ils iront chez toi entre Leclerc et le couscous. »

De fait, l'hypermarché est le bâtiment autour duquel la commune de Bois d'Arcy s'organise. Carrés et rectangles de bitume éparpillés, un jeu de construction abîmé, un paysage désenchanté mais qui fait la part belle au ciel, lequel prend aujourd'hui l'apparence d'un matelas de laine percé. Un vent glacial porte les particules de neige fine que l'asphalte absorbe. François aime le calme monotone des banlieues pavillonnaires, leur anonymat. Un penchant que son père n'a jamais compris.

Le jour de ses quatorze ans, le docteur Daniel Hanner avait déclaré qu'il imaginait son fils faire une carrière hospitalière, peut-être même décrocher le titre de professeur, ou encore mieux, devenir chef de service. Daniel adorait les décorations, il avait lui-même obtenu la Légion d'honneur, après l'avoir demandée, n'est-ce pas, « c'est ainsi que le système fonctionne, qui ne demande rien n'a rien ».

À l'époque, François nourrissait le rêve de devenir pianiste, « mais il faut de la chance pour faire carrière dans la musique, de la chance et des prédispositions. Tu as un bon niveau pour ton âge, mais c'est un métier de chien, très mal payé. On travaille énormément, on monte un projet, un concert, et personne ne vient. Médecin, tu as un statut, tu es quelqu'un. Le concours n'est qu'un grand QCM, c'est ça le filtre, n'importe quel imbécile peut y arriver du moment qu'il a de la mémoire et qu'il est rapide. Tu seras le meilleur, toi qui es si bon élève. Tu es un intellectuel, mon fils, ne l'oublie pas. »

François n'a pas mémorisé le moment exact où il a accepté de passer le concours mais il se rappelle avoir, durant l'année de terminale, trouvé du plaisir à aider son père à ranger son cabinet de dermatologie, rue Brochant, avoir aimé l'atmosphère à la fois feutrée et métallique de la grande pièce moquettée du sol au plafond, quoique, s'il y réfléchit aujourd'hui, il comprenne qu'il a surtout aimé le temps volé au docteur Hanner. Pendant quelques heures, il avait été l'unique réceptacle de sa parole. Son père avait une façon particulière de s'exprimer. Il souriait en parlant et ce sourire s'avérait irrésistible, chacun en voulait un morceau. C'était le temps des médecins qu'on appelait « Docteur » et pas « Monsieur », le temps des notables et de la considération. Pourtant Daniel n'était pas aussi snob que la plupart de ses collègues, pas aussi snob qu'il paraissait l'être en tout cas, juste très bavard. Ses patients l'adoraient, bien qu'il les reçût avec un temps de retard significatif qui s'allongeait au cours de la journée, en conséquence de quoi il ne rentrait jamais chez lui avant vingt-deux heures. À cette heure-là, François était déjà couché, sa mère aussi. Mais il parvenait toujours à se faire pardonner. Il aimait les gens, se défendait-il, c'était pour cela qu'il avait choisi d'exercer en ville et non à l'hôpital. Alors que François était, affirmait-il, fait pour l'hôpital. « Quel malheur, les jeunes médecins ne veulent plus travailler, ils n'acceptent plus les contraintes, tu ne feras pas ça, toi, n'est-ce pas ? », une phrase prononcée d'un ton allègre, comme toutes les autres.

Reçu sixième à l'internat, François s'était naturellement orienté vers la dermatologie. Au bout de six mois, déçu, il avait exercé son droit au remords et changé de spécialité. Il lui fallait davantage de technicité. Pour la première fois, il actait son désaccord avec son père. « Au moins, deviens rhumatologue, tu feras des piqûres puisque tu veux de l'action », lâcha Daniel, sur quoi il le convainquit d'effectuer un stage dans le service d'un ami professeur à l'hôpital Bichat. François conclut du stage en rhumatologie que les gens se plaignaient beaucoup d'une pathologie qui ne se voyait pas du tout, ce qui manquait profondément d'intérêt et se trouvait être tout l'inverse de la cardiologie. Il savait désormais ce qu'il voulait faire : voir ce qui se passait sous la peau, étudier la machine électrique qui bouillonnait en cachette et court-circuitait les gens sans qu'ils s'en aperçoivent, et la réparer.

« Cardiologue, tu te prends pour qui ? » Il était dans l'ordre des choses que le fils s'encastre dans la trajectoire du père, que sa future gloire soit l'extension de la sienne, dermatologue de père en fils, une progression, un galon supplémentaire sur l'épaule du bon docteur. Si François était capable d'opérer à cœur ouvert, d'arrêter les battements cardiaques et dévier la circulation sanguine, de tenir l'organe dans le creux de sa main, bref de s'emparer de la toute-puissance, Daniel en serait dégradé. Mais François lui annonça avoir choisi la cardiologie interventionnelle. Il pratiquerait des actes opératoires qui dilatent les artères coronaires sans recours à la chirurgie. Un petit soupir de soulagement s'échappa des lèvres fines du docteur Hanner, que son fils interpréta comme une marque d'attention : son père se réjouissait qu'il renonçât à être chirurgien cardiaque, refusât de s'adonner à une discipline qui aurait menacé son équilibre psychologique et sa vie de famille. À vrai dire, le docteur Daniel Hanner considérait les chirurgiens cardiaques comme des dieux et prenait les cardiologues interventionnels pour des garagistes.

François avait immédiatement adoré la technicité de la cardiologie interventionnelle, la miniaturisation permanente de ses dispositifs. S'il avait dû associer le cœur à un instrument, il aurait choisi un instrument à vent puissant mais délicat, un cor d'harmonie, quelque chose de très rythmé qui peut se dérégler très facilement. Son premier remplacement de valve radioguidé... remonter le courant sanguin telle une rivière argentée, jusqu'à la valve aortique, entre aorte et ventricule gauche, oh le froid, le bruit sourd, le martèlement des signaux, la lumière surnaturelle, les tubes qui tombent comme des vers géants, avant de lâcher la valve compressée et voir sous scopie le ballonnet qui se déploie, le feuillet de porc qui s'étend et écrase l'ancienne valve. La sur-spécialisation propre à la cardiologie interventionnelle le maintenait à distance du patient. Au début d'une carrière hospitalière, il est plus facile d'être confronté à la maladie qu'au malade.

Derrière la vitre du cabinet médical, tout est gris, calme et plat. François rêve de montagne. Dès qu'il en a la possibilité, il part marcher dans les Pyrénées. C'est moins la conquête du sommet qui l'intéresse que la progression, la justesse. Il aime l'intransigeance qu'implique la randonnée. Un pas de côté, et c'est la chute dans le vide.

Le vide. C'est quelque chose qui ne lui faisait pas peur, avant. Et même il le recherchait. Du vide au-dessus de lui, en dessous. Il sait bien, parce qu'il l'a appris, que le vide absolu, l'absence totale de matière, n'existe pas, que la pression atmosphérique est si forte qu'elle fait entrer de l'air par toutes les ouvertures possibles dès l'instant où l'on tente de créer du vide. Et pourtant, c'est ce qu'il expérimente chaque matin au réveil depuis un an maintenant. La sensation de vide absolu. On le lui a également enseigné, plus un volume s'emplit de particules, plus il résiste à la pression extérieure. Chaque jour, François se sent un peu plus menacé par l'implosion.

Il était entré à l'âge de vingt-cinq ans au CH Rémilly, à Versailles. Ses collègues y louaient son sérieux, son exigence, son imperturbabilité, son sens de l'organisation, tout en se méfiant de son ascétisme et en lui reprochant sa froideur, sans se douter des efforts qu'il fournissait pour transformer ses défauts en qualités. Ils le prenaient, eux aussi, pour un intellectuel et l'accusaient de manquer de pragmatisme. « Votre voix est si calme, docteur, lui dit un jour une de ses patientes âgées, elle parvient à mes oreilles comme à travers une tonnelle de sucre filé. » Cela lui fit très plaisir. Le calme était à ses yeux la forme la plus aboutie de la politesse.

L'étendue du pouvoir dont il se trouvait investi le terrifiait. Sa liberté de prescrire s'en voyait restreinte, contrainte par les nécessités de la science et par son savoir acquis, lequel demandait de longues heures d'étude, en sus des gardes et des urgences. L'hôpital était vorace en temps. Il envisageait la médecine comme une formation perpétuelle, une veille continue, mettant à contribution son sens de l'écoute et de l'observation, et il avait pour unique préoccupation le traitement de chaque patient dans les règles de l'art, qu'il se chargeait lui-même d'actualiser. Année après année, il avait continué de se former aux techniques de désobstruction des artères qui ne cessaient de s'améliorer tout en se complexifiant.

Au bout de quinze ans, Daniel Hanner avait bien dû s'y résoudre, son fils n'irait pas plus haut. François se montrait incapable de demander quoi que ce soit. Il ne serait jamais professeur, encore moins chef de service.

Il n'était pas taillé pour la compétition, ni pour le travail en équipe. Il était trop solitaire pour cela. Trop discret.

Pourtant, François découvrait que le contact humain lui plaisait de plus en plus. Peu à peu, il s'était mis à délaisser la technique pour s'intéresser davantage à ses patients. Quand l'un des deux cardiologues de Bois d'Arcy annonça qu'il prenait sa retraite et que l'autre lui proposa de s'associer, il accepta et s'installa en ville. Il n'y aurait pas de retour en arrière, le prévint son père.

L'unique journée hebdomadaire qu'il passait dans la salle de coronarographie de Rémilly en tant que praticien attaché lui suffisait. Chaque geste technique en devenait d'autant plus précieux. L'hôpital restait sa matrice nourricière. Il aimait y retourner tous les mercredis, il appréciait la possibilité d'appeler à l'aide en cas de complication, la pression qui retombe dès que la porte s'ouvre sur un confrère. Le reste du temps, il goûtait la routine de son cabinet. Désormais, il se voyait comme un artisan et non plus comme un artiste. Son moment préféré était celui de la guérison du patient. Il se disait alors qu'il n'avait pas étudié pour rien. Parfois, le patient en question le remerciait mais cela n'arrivait pas si souvent. L'hôpital récoltait toute la gloire. Il s'en fichait.

Au cabinet, il ne refusait jamais un malade et rentrait tard à la maison, ainsi que le faisait naguère son père. Si on lui avait demandé pourquoi il négligeait à son tour sa femme et son fils, pourquoi il ne profitait pas de la liberté que le cabinet privé lui octroyait, il n'aurait jamais avoué son soulagement d'être délivré du quotidien familial. Il aurait répondu qu'il possédait un minimum de conscience. Par conséquent, ses journées ne pouvaient qu'être longues. Il remplissait son devoir, répondait à l'appel du tambour : la multitude des cœurs battant en sourdine, les arythmies tonitruantes. Il acquérait la faculté de les voir, ces cœurs rougeoyants qui gonflaient sous les peaux fines et bleutées. Il n'en aurait jamais fini avec l'observation de cette constellation d'étoiles, ce brasillement fou. Il n'arrêtait jamais d'être médecin, pas une seconde de sa vie. Ses nuits s'animaient de rêves médicaux. Il aimait profondément son métier qu'il ne concevait pas comme une servitude. Il se considérait droit, intègre. Il n'avait jamais abusé de sa position. Jamais profité de son statut.

Alors comment cela avait-il pu arriver ?

La seule pensée qui apaisait François était que son père n'était plus là pour voir ça. Trois ans auparavant, Daniel Hanner était mort d'une rupture d'anévrisme dans sa baignoire, après son petit déjeuner. À soixante-douze ans, il continuait d'exercer et se préparait à entrer au Conseil de l'ordre des médecins, une ultime distinction qui, réalise maintenant François avec effroi, lui aurait peut-être valu d'être le juge de son propre fils.

En rangeant les papiers du cabinet moquetté de la rue Brochant, où l'odeur du parfum de son père flottait encore, un mélange de vétiver et de tabac, il était tombé sur une boîte en carton contenant une collection de photos érotiques des années 1920, prises dans une maison close. Sur l'une d'entre elles, une imposante tenancière tenait d'une main un trousseau de clés et de l'autre présentait ses filles dénudées à un futur client tout à fait jovial. Et ensuite une photo pour chaque fille. Il avait tout de suite refermé la boîte.

Et puis, François avait trouvé le compte rendu de l'intervention subie par son père l'année précédant sa disparition, dont il ignorait tout. Une coronarographie au cours de laquelle, un mardi matin, on avait posé à Daniel Hanner deux stents dans la salle de l'hôpital Rémilly où lui-même officiait chaque mercredi. Sur le moment, il avait été vexé, blessé même. Il s'était raisonné. On ne devrait jamais envisager les choses médicales d'un point de vue personnel, uniquement sous l'angle de la science. Il s'était dit qu'il n'aurait pas été le bon médecin pour son père et avait aussi refermé cette boîte-là.

François s'avance au seuil de la salle d'attente. Au moment où il s'apprête à appeler sa prochaine patiente, Mme Davis, Jacinthe surgit, bouleversée. La secrétaire médicale vient d'être insultée par un jeune homme au téléphone. « Si le docteur ne reçoit pas mon père en urgence je vais venir te défoncer. » En cardiologie, la règle est simple : l'urgence absolue ne peut attendre. Pas d'autre choix que d'appeler le SAMU. Quant à l'urgence réelle, elle s'accompagne toujours d'un coup de fil du généraliste. Jacinthe sait quand, chez une personne demandant un rendez-vous, le cerveau tricote et confond crise cardiaque et crise de panique, « C'est scandaleux, je vais crever ». D'habitude, elle encaisse sans ciller les invectives, les menaces, mais pas cette fois.

« Docteur, les gens vont de plus en plus mal, ils ont besoin de souffre-douleur. » L'opaline de ses yeux se trouble. Elle aussi redoute le procès, sur elle aussi la pression pèse, elle aussi aimerait effacer cette journée du 15 janvier 2018 d'un coup d'ardoise magique, ainsi que le fait sa fille quand elle rate un dessin. « Le problème, murmure-t-elle en essuyant une larme, c'est qu'on ne peut pas effacer le vide. »

Mme Davis entre avec précaution dans la pièce d'examen et attend sagement que François lui indique où s'asseoir. Sa voix tremble légèrement lorsqu'elle le salue. Une fois installée, elle se tient le buste bien droit, les fesses à moitié sorties du siège, le sac à main collé aux cuisses, les mains aussi crispées que le fermoir du sac. Sur le fauteuil du cardiologue, les individus les plus assurés redeviennent des petits enfants apeurés.

Née en 1944 à Roubaix, veuve, grand-mère, lit-il dans le dossier qu'il a ouvert sur son ordinateur, avant de détourner son regard de l'écran pour lui sourire, sourire à ses sourcils dessinés au crayon beige, à ses lunettes à monture rose, à sa chemise fleurie, avant de reprendre sa lecture. Monique Davis a subi, trois ans auparavant, un remplacement de la valve aortique associée à une fermeture de l'auricule gauche. Suites post-opératoires compliquées, détresse respiratoire aiguë, épisode de fibrillation auriculaire. Il prend connaissance du dernier examen fonctionnel, une échographie qui montre une valve légèrement rétrécie, et lui demande de se déshabiller et de s'allonger sur la table. Il note le soutien-gorge en dentelle rose qu'elle porte, les effluves ambrés que sa peau exhale, la peine qu'elle a prise pour se préparer à ce rendez-vous qui lui permet, quelques instants, d'échapper à la solitude. Il prend son temps pour l'examen clinique, lui palpe lentement les jambes, les chevilles, gardant en tête qu'il s'agit peut-être du seul contact peau à peau qu'elle aura ce mois-ci, et lui parle.

« Comment vous sentez-vous, pas de douleur à la poitrine, pas de palpitations ?

– Non, toujours un peu essoufflée, mais moins, docteur, je marche, je marche, mais j'ai mal aux articulations, ça n'est pas votre domaine je sais, je fais de l'aquagym, docteur, je bouge.

– Vous grignotez moins, vous n'avez pas repris de poids.

– J'ai fait ce que vous m'avez dit docteur, j'ai acheté un vélo électrique, c'est dur docteur. »

L'électrocardiogramme s'inscrit en rythme sinusal régulier, sans variation, du Pachelbel, ou bien une gamme, une gamme rapide toutefois, car le cœur bat à 93 par minute – une légère tachycardie. Aux yeux de François, chaque électrocardiogramme est une partition, certains sont plus intéressants, plus mélodiques que d'autres. Ensuite, il déclenche le tensiomètre. On entend le bruit caractéristique de l'appareil, le claquement brutal d'une fenêtre à guillotine suivi d'une rafale de cliquetis, comme une souris d'ordinateur devenue folle.

« 12/7, une tension de jeune fille, annonce-t-il. Vous allez beaucoup mieux, ça me fait plaisir de vous voir comme ça, on maintient le traitement, on prévoit un bilan biologique et une échographie de contrôle et je vous revois dans un an. »

Le soulagement de Mme Davis est perceptible, elle a retrouvé son allant et sa voix. Maintenant elle a envie de discuter, vraiment discuter : « Vous allez être content de moi, docteur, j'ai arrêté de fabriquer mes pizzas maison, je me suis rendu compte qu'il y avait trop de fromage dedans docteur, trop de sucre dans la pâte industrielle, j'en faisais deux par semaine docteur, je suis bonne cuisinière, la reine des crêpes dit ma fille, mais j'ai changé ma façon de cuisiner, avant je faisais sauter les légumes à l'huile, à présent je les fais bouillir docteur, oh quand vous étiez fâché contre moi la dernière fois ça m'avait fait un tel choc… »

Mais il ne peut prendre davantage de retard et c'est avec regret qu'il la presse de se rhabiller, avec soulagement aussi.

Après son départ, François dicte le compte rendu de la consultation. Le logiciel de cardiologie lui a coûté une fortune. Il lui devient de plus en plus difficile de payer ses factures, ses traites, bien que sa journée hebdomadaire de cardiologue interventionnel à Rémilly lui assure un complément de revenu confortable, bien qu'il habite une maison à Noisy-le-Roi, aille au concert à Paris et parte en vacances dans les Pyrénées.

La semaine prochaine, de vieux types en robe noire et rouge décideront peut-être de lui ôter son droit d'exercer la médecine. Alors fini la maison, les récitals, la montagne. Il aura travaillé toute sa vie pour rien.

Entre deux patients, son associé vient le saluer. Denis est également cardiologue interventionnel, également attaché à l'hôpital Rémilly un jour par semaine. Beaucoup plus grand et mince que François mais doté d'un corps légèrement de guingois, comme si tout le temps passé à barrer son petit catamaran au large du Lavandou avait fini par infléchir sa colonne vertébrale. Il ressemble à un présentateur télé, toujours l'air enthousiaste, toujours le sourire aux lèvres. Au début c'est ce qui avait plu à François, c'est même à cause de ces foutues dents blanches qu'il avait accepté sa proposition d'association. Il aurait dû comprendre que personne ne peut afficher une bonne humeur permanente en ce monde. Qu'il s'agit forcément d'un masque dissimulant une angoisse trop laide, trop effrayante pour être exposée. Depuis quelque temps, le vernis se fissure. Le sourire de Denis exhale un peu trop souvent un relent de vin rouge.

Son associé a deux « super nouvelles » à lui annoncer. Premièrement, il a reçu cinq stents gratuits du labo turc en complément des cinquante qu'il avait commandés et posés, ce qui tombe à point nommé puisque l'hôpital ne voulait pas les payer. François esquisse une moue réprobatrice. Denis sait pertinemment qu'il a pour principe de refuser tous les cadeaux, les invitations à déjeuner, les congrès. « Ce que tu peux être rabat-joie, a-t-il coutume de s'exclamer, si les labos ne les finançaient pas, il n'y aurait plus de congrès, donc plus de recherche, plus d'échange d'expériences. » D'après son associé, la relation médecin-laboratoire devrait être un partenariat à défendre, puisqu'il est devenu impossible d'en abuser. Sur ce point, il dit vrai. Depuis 2015, suite au scandale du Mediator et à la grande satisfaction de François, les laboratoires français sont tenus de déclarer tout lien d'intérêt avec le corps médical. N'importe quel déjeuner à dix euros est obligatoirement reporté dans la base Transparence Santé, un site Internet public que Denis, en habitué des congrès à l'île Maurice, envisage comme la version 2.0 du régime de Vichy. « Un extrême pour combattre un extrême, c'est toujours pareil dans cette société de merde, proteste-t-il. Si on faisait la même chose avec les hommes politiques on aurait de belles surprises. » Denis ignore visiblement la législation qui s'applique aux hommes politiques et limite la valeur maximale des cadeaux qu'ils peuvent recevoir.

De toute façon, François est une cause perdue et Denis enchaîne sur sa deuxième bonne nouvelle. Hier, Victor, son fils de vingt ans, a gagné la coupe de l'X au quatre-fois-cent-mètres. « Ce con, dit-il en écarquillant les yeux et en passant son doigt, l'air faussement modeste, sur le bord du cadre qui contient la photo de la femme et du fils de François, il est non seulement polytechnicien, mais aussi champion d'athlétisme. »

François ne peut se défendre d'éprouver un pincement, plus que ça, un coup au cœur, en pensant à Romain, son garçon de quinze ans, dont la moyenne ne dépasse jamais onze sur vingt.

« Au fait, je voulais te dire, reprend Denis, je ne m'en ferais pas trop à ta place pour la semaine prochaine. J'ai un ami gynéco qui a été accusé d'avoir orchestré l'adoption sauvage d'un bébé dans les années 1980. Le gars n'a même pas été radié de l'Ordre, il a seulement écopé d'un mois de suspension. Tu ne risques rien. »

Rien que le vide, donc.

3

Roxane, septembre 2017

« J' n' sais pas de quoi sera fait demain »
— Lord Esperanza, « Demain » —

Cyril n'est pas venu me chercher à la gare. Quand j'en sors, l'air marin me prend à la gorge, quelques secondes d'extase. Ce week-end à Sète me fait l'effet d'un comprimé effervescent. Ma boule au ventre se dissout lentement.

Mélanie dit, Sète c'est aussi vulgaire que ton père, Venise en faux, moi j'aime trop. Le poète l'a écrit, Sète est singulière et moi aussi, j'espère. J'aime cette alternance de maisons anciennes, parées de balustrades, et d'immeubles modernes le long de la rade, mélange de splendide et de laid, d'extraordinaire et de défait. De négligé comme le quai sur lequel je m'engage en tirant ma valise sous laquelle se coince une couche de bébé sale. Je râle mais c'est tout le contraire de l'impeccable rue de Liège. Ici je ne suis pas obligée d'être parfaite tel un arpège. Ici je suis libre. Vous comprenez ?

Libre de sourire au bus jaune, à la femme sculptée dansant sous le linteau de la façade, au lampadaire en forme de croix. Libre de sautiller sur le quai étroit soumis au clapotis gracieux. Le canal royal s'étale en spirale. Les mouettes braillent leurs cris facétieux. Je vois danser sur l'eau les fils de lumière tels des poissons volants. Je vois les bras bruns des pêcheurs tapis alanguis assoupis au creux de leurs barques bleues au liseré blanc. Je vois les maisons jaunes et roses et vertes au bord du canal languide et paisible. Sète altière, Sète populaire. Sète faite pour faire la fête. Sète authentique, anarchique Sète.

Je me retourne. Le pont de la Pointe rouge se détache du ciel électrocuté de violet. Ça fait comme une rampe de lancement de fusée, un manège, la promesse d'un jour gai. Je traverse la rue principale et je longe les Halles. L'avant du bâtiment est enveloppé d'un immense filet de pêche en acier roulé, un gros bigoudi, un encornet farci. À cette heure, dix-huit heures, le marché est fermé, mais je peux encore sentir le fumet poissonneux des tielles, leur odeur de pâte sucrée, poulpe grillé tomate séchée.

Je passe près d'un café où sont attablées de jeunes Sétoises, en mode apéro et plaisanteries narquoises. À quelques mètres de là, deux charos de quinze ans draguent, arrogants, minces et musclés, torse nu. Leur peau lisse reçoit les derniers rayons de soleil comme de petits coups d'archet. Par moments les gadjos frappent leur poitrine, leur cœur en galopade rythmique. Ça me donne envie de mettre mon casque et d'écouter ma musique. Je ne les entends plus, je n'entends plus leurs cris, leurs insanités leur stupidité. Ils gesticulent au rythme d'*Égérie* et c'est archi-joli, comme s'ils dansaient vraiment sur le son de Nekfeu. Rien ne les effraie, eux. Nekfeu, mon artiste préféré. Ma mère ricane, Nekfeu c'est de la variété c'est grossier ça sert à rien, dans quarante ans plus personne n'écoutera, c'est pas le chef-d'œuvre de la décennie, quand je pense à la *Cinquième Symphonie.* Elle a tort. Si on ne devait garder qu'un seul album ce serait *Feu* et son flow en technicolor. De toute façon, elle est comme vous, elle ne peut pas me comprendre, elle ne parle pas ma langue. Meuf mec vas-y ferme ta gueule sale bâtard, c'est rapide et violent, ça balance, mais c'est pas méchant.

Je m'enfonce dans le quartier haut avec ses airs napolitains, ses rues grimpantes dans le parfum des pins, vers le cimetière marin. Demain, j'irai sur la tombe en marbre de Carrare de la fille Goudard, admirer l'ange courbé au-dessus de l'arbre déraciné. De là, on a la plus belle vue sur les motifs brefs et lancinants que le vent dessine sur la mer Méditerranée. Si la mort sent le pin, le laurier, la rose et le sel qui poudroie les tombes immaculées, je veux bien, moi aussi, la respirer.

J'entre dans la maison de mon père, près du sommet du mont Saint-Clair, autrefois notre résidence d'été, baies vitrées vue panoramique piscine comme à la télé. Cyril vit hors du monde, complètement déconnecté, radote Mélanie, c'est facile quand on a installé son propre père dans une maison de santé et qu'on ne paie pas de loyer, c'est dégueulasse de ne jamais envoyer à temps la pension alimentaire, de prétendre qu'on a encore oublié.

La maison est vide, mon père n'est pas encore revenu de Montpellier, sa compagne pas rentrée. Avouez, vous croyez qu'il sort avec une gamine, mais non. Manon a quarante-trois ans, divorcée professeur de lycée voix musclée. Un organe de soliste, prétend mon padre, qui apprécie les musiciennes. D'ailleurs, il n'était pas tombé amoureux de ma mère mais de l'altiste. Petite, il me prenait souvent à partie, Roxane ma poule, le couple c'est difficile, on est sur un fil, Mélanie n'est jamais à la maison et quand elle y est, soit elle travaille, soit elle est trop fatiguée pour parler.

Je pense à mes parents, à leur couple usé, mal rapiécé, pour finir déchiré. D'eux, je ne me souviens que de cris, aucun baiser, mais le passé c'est du sable, impossible à retenir, insaisissable. Cyril accusait, Mélanie chiante jamais contente. Mélanie ripostait, Cyril salaud égoïste radin. Et moi je me retrouvais entre eux, au milieu, écartelée comme une poupée que deux enfants s'arrachaient.

Parce qu'il faut être honnête, le divorce de mes parents m'avait terrassée. Après la séparation, ils avaient beaucoup changé. Je ne les reconnaissais plus. J'en voulais à Cyril d'avoir quitté Mélanie et de s'en féliciter, ta mère est instable et compliquée, je ne peux pas la supporter. J'en voulais à Mélanie de ne pas arrêter de pleurer, ton père quelle ordure, j'ai envie de le tuer. J'en voulais à mon père d'être parti vivre à Sète et à ma mère d'être accablée de dettes. J'avais l'appétit coupé. Je vomissais en cachette. J'étais si fatiguée. La nuit, je ne m'autorisais pas un sommeil apaisé car si je m'endormais, le lendemain j'aurais davantage de problèmes à régler. Je ressassais mes difficultés. Pourquoi m'avaient-ils fabriquée ? S'étaient-ils aimés ? Qu'avais-je fait ? Tout me semblait suspect. La journée, j'étais excédée irritée angoissée. J'attaquais mes parents pour me venger, pour les tester. Mais je continuais à très bien travailler, alors personne ne s'inquiétait.

Parce que, pour eux, visiblement, il n'y a rien de plus important.

La seule à s'être alarmée, c'était Mme Lallement. Catherine Lallement, mon professeur de français de quatrième au collège Constant. Un jour, je lui ai confié que j'avais envie de mourir et elle l'a répété à ma mère. Ma daronne a paniqué et m'a traînée chez le psy. Tous les darons le font à la moindre occasion, la grande déculpabilisation. Au psy j'ai expliqué que j'avais exagéré. J'étais forte au fond. Je n'avais pas du tout l'intention de me suicider. C'est normal pour un ado d'avoir des pulsions de mort, non? Ensuite, tout s'est calmé. J'ai vu le psy trois fois. Il m'a donné des médicaments et m'a dit, reviens de temps en temps. Il a expliqué à mes parents, votre fille est déprimée. Mon père l'a dédaigné. Ma mère s'est figée. Tout de même, Mélanie a arrêté de pleurer. Cyril a arrêté de l'insulter. J'ai arrêté de mal parler. On s'est fichu la paix. Parce que vous ne savez pas tout. Parfois vous mentez. Parfois vous aimeriez m'aider mais vous n'y arrivez pas. Parfois vous ne pouvez rien pour moi et ce n'est pas grave. J'ai seulement besoin de l'entendre. Vous me devez d'être braves.

Deux semaines après son départ de notre ancienne maison, mon père a rencontré Manon. Je l'aime bien. Elle est professeur de français au lycée Berthoin à Sète, un assemblage de rectangles bleus et blancs en surplomb d'une plage coquette.

Elle m'envoie un texto pour que je l'y retrouve. Elle m'écrit qu'il fait encore si beau.

J'enfourche mon vélo. La mer verticale au bout de la rue occupe les trois quarts du ciel, un aplat de bleu givré, un vase rempli d'eau sale. Je dévale la pente et je pédale le long de la Corniche, le corps arqué contre la Méditerranée trouble crémeuse, dans la lumière dorée du soleil, un dernier brasier. Je me demande ce que ça me ferait d'aller en classe tous les matins à vélo, de voir la mer depuis ma table, même si l'affable Manon tempère, elle est la seule à pouvoir la contempler, les élèves doivent garder le dos tourné. Mais quand la journée est finie, ils n'ont plus qu'à descendre l'escalier et traverser la rue pour se retrouver à fumer s'enjailler sur le sable mouillé.

Je roule et je ne peux m'empêcher de penser à la semaine passée, première semaine de la rentrée. Je récapitule, français, physique-chimie, SVT, histoire-géo, anglais, espagnol, maths. Les quelques notes obtenues sont bonnes, dix-sept de moyenne, sauf en anglais, quelle conne, quinze sur vingt, moins que Lyna et Rose, j'ai merdé, mais elles sont parties aux États-Unis cet été. J'accélère pour reprendre le contrôle. Des mèches de cheveux passent devant mes yeux. Le paysage disparaît comme derrière les barreaux d'une cellule de prisonnier. Tout est flou, et je manque de tomber. Parfois j'ai l'impression de m'évaporer.

Pendant que je roule la mer ne se referme jamais. Les vagues vont et viennent telles les pages du livre de Manon qui bruissent dans le vent léger et ça y est, je suis arrivée.

Ma belle-mère m'attend assise sur la plage toute habillée. Je me laisse tomber à côté d'elle. Elle m'embrasse, me demande des nouvelles, et finit par lancer, ton père rentrera pour le dîner, une réunion l'a retardé.

En face de nous, allongées, trois filles. Maillots étroits, peau noisette, seins blancs et doux en forme de pommes pelées, cheveux longs et floconneux, yeux ourlés, corps élancés emmêlés fouettés de sel froissés de sable. Elles flamboient dans le soir couchant, elles doivent avoir dix-huit ans. Je les regarde chiller, rire aux éclats. Je les écoute raconter la dernière bagarre, wesh comment je l'ai défoncée celle-là, raconter qui chine qui, qui ken qui, qui fume la beuh de qui, qui bouffe la teucha de qui. Je les entends se moquer du gros boule de la prof de français, s'exclamer qu'elles s'en tapent du bac à la fin de l'année. Manon sourit, par bonheur tu n'es pas comme elles, ce sont mes élèves. Elles ne m'ont pas vue, ces excitées, elles auraient été bien emmerdées. Leur vocabulaire est d'une telle pauvreté, elles confondent corrida et corridor. Elles se battent dans les couloirs et parlent fort. Elles fument beaucoup, elles fument de tout. Elles mentent, mais elles sont sympathiques et attachantes.

Moi je les trouve magnifiques et insouciantes et ça me fait envie. Finalement le soleil changé en vitrail tombe derrière l'horizon. Les peaux des filles s'éteignent et ma jalousie aussi.

Au dîner, mon père est fatigué. Il a beaucoup bossé et après il s'est entraîné. Il prépare le marathon de Nice. Cyril possède le corps d'un jeune homme et les goûts d'un jeune homme. Il me parle souvent comme s'il était mon grand frère. Cheveux blonds et yeux bleus, il ressemble à Simon Baker. Il écoute Cassius, Air, Justice et St-Germain. Il voulait être musicien, monter un groupe avec un copain, mais ses parents ne le lui ont pas permis. Mélanie prétend qu'il ne s'en est jamais remis. Cyril n'a pas réussi dans la French Touch, alors il est dans la French Tech.

Mon père a fait Centrale Paris et maintenant il est cadre dirigeant chez IBM. Il est fier de mes bons résultats. Dans la famille on est tous ingénieurs comme papa. Je vous l'ai déjà expliqué, il attend de moi que j'entre dans la bonne prépa. Je n'ai pas le choix. Je dois réussir comme il a réussi, idéalement mieux que lui. Son rêve, c'est Polytechnique. On dirait que ça leur file à tous la trique. C'est ouf, en France, quand un daron se présente, il annonce son diplôme juste après son nom.

L'école est le seul sujet qui mette mes parents d'accord. Ce soir à table mon père ne parle que d'études et de sport. Pour l'un comme pour l'autre, il faut entrer tôt dans la course et ne pas lésiner sur les efforts. Manon se lance dans une diatribe contre l'Éducation nationale, on devrait réformer le primaire. Le français doit s'apprendre très tôt comme une langue étrangère. Les instituteurs ne sont plus formés comme du temps de l'École normale, jamais contrôlés et très mal payés. Enseigner n'est pas inné. Dans le secondaire on récupère des élèves analphabètes et on écope. Comment voulez-vous qu'ils fassent, les pauvres ? La majorité des parents ne vient pas aux réunions et ne leur met aucune pression. Tout ça fabrique des handicapés sociaux qui se retrouvent en bac pro. Et voilà, c'est fini pour eux.

L'image des trois filles de la plage danse devant mes yeux.

Finalement mon père se lève et lâche, Roxane toi tu as de la chance, tu es née du bon côté de la balance. Allez, tu viens courir avec moi demain matin, je vais te fatiguer et après tu rentreras travailler. Avec Manon et des amis on part à Cadaquès en bateau, on dort là-bas, tu restes seule ici, tu gardes la maison, je compte sur toi.

Moi, j'acquiesce.

4

Roxane, septembre 2017

« Son plan était parfait, mon destin tracé depuis l'enfance»
— OrelSan, « Quand ton père t'engueule » —

Lundi 11 septembre, je descends prendre mon petit déjeuner. Pour une fois, Mélanie l'a préparé. D'habitude, je n'ai pas faim, je suis pressée, je mange une pomme, je bois un café. Mais ce matin flotte un parfum de lait chaud et de fleur d'oranger. Ma mère a cuisiné des crêpes et des œufs brouillés pour se rattraper. Elle a été absente pendant trois jours, une tournée dans le Sud, Nice Monaco Menton. Un four. À Monaco tout est toc et provoc et à Menton quelle peine j'ai eue, m'a-t-elle raconté. Partout des déambulateurs grinçants, des sonotones sifflants. Les restos ferment à vingt heures, les vieux paniquent au moindre vrombissement, au moindre adolescent.

Le silence terrifie Mélanie. Elle n'aime que la musique, les cafés et le bruit de Paris. La vie urbaine apaise ses acouphènes.

Je dois vous apprendre quelque chose au sujet de ma mère. À l'âge de treize ans, elle a eu une otite. Son père, mon grand-père opticien, ne l'a pas emmenée chez le médecin. Il ne l'a pas prise au sérieux. L'otite a dégénéré en mastoïdite, un truc infectieux. Depuis, elle souffre d'une baisse d'audition. Et d'acouphènes. Ça ne m'a pas empêchée de devenir concertiste, dit-elle. Non sans peine.

Chaque fois qu'elle s'en va, maman me laisse de l'argent. Je fais les courses et je fais la cuisine. Des pâtes de la semoule des lentilles des clémentines. Quand elle revient, elle s'excuse d'être partie et je réponds, t'inquiète, tout va bien, merci. Je m'installe à côté d'elle et tandis qu'elle frotte son archet à la colophane, j'écoute Lord Esperanza, Lonepsi et Némir, ma petite trouvaille. En vérité je lui en veux un peu mais ses absences m'ont formée et maintenant, vivre seule, je peux. J'ai forgé ma carapace, je n'ai besoin de personne. Ça passe ou ça casse.

Au petit déjeuner, donc, ma mère dit, attention hein tout se joue en première. On se démène. On se couche tôt. On bosse bien. J'ai envie de la taper. Je me retiens. Je lui réponds, va falloir arrêter de dire « on ». Elle a l'air choqué. Quelle mouche t'a piquée ? C'est effrayant ce que j'ai l'air de t'agacer. Alors j'ai murmuré, moi aussi ça m'effraie, mais elle n'a pas capté.

Au lycée Sully, on doit tous se construire un bouclier, montrer aux autres qu'on sait gérer. Notre adolescence porte au paroxysme les maux de votre société déliquescente. Société de la perfection individuelle, société de la peur, de la comparaison, pas assez de place pour tout le monde, bientôt la fin du monde. Entre-temps vous reproduisez les élites comme à l'usine, sur le même modèle, avec élimination des pièces défectueuses, pour ne pas ralentir la machine. C'est pour ça que toutes nos phrases commencent par moi je. Au sommet de la pyramide il n'y en aura qu'un. Il faut grimper, ne pas décrocher, se faire la part belle, survivre dans la mer concurrentielle pour se faire repêcher. On nous plonge dans l'eau du bain et on regarde ceux qui surnagent.

Entrer en seconde, pour nous, c'était comme pénétrer dans un nouveau monde. Au sein de nos différents collèges on était tous des têtes, aux connexions neuronales parfaites, et puis Affelnet nous a regroupés. Retrouver ses semblables s'est avéré à la fois agréable et effrayant: à Sully tous les élèves sont excellents. On a dû s'adapter, remettre en question la personne qu'on était, accepter de se trouver en difficulté. Pendant l'année tout s'est calmé, malgré la dictature des notes, le groupe de potes en antidote. On s'est mis la première race tous ensemble. À la fin de l'année on a passé un bel été. Tous réunis contre l'adversité, on a fumé, on était bien. On avait envie de continuer sur notre lancée. Et puis on est entrés en première et on s'est retrouvés prisonniers, obsédés, en rivalité. Le sprint a commencé et va durer jusqu'au bac. Les chiens sont lâchés. On redoute la claque.

Dans la classe de première S3 on est tous pareils, tous tendus vers le même goal, le dossier le bac la prépa. On marche dans la même rue, sur un pont suspendu. De l'autre côté, sur l'autre rive, il y a ce qu'on ne sait pas nommer, l'avenir, une forêt emmêlée. Et sur le pont, tout du long, les profs, ces gardes armés. En dessous le vide. À tout moment tu peux te faire pousser et basculer dans les eaux troubles froides agitées.

On nous dit, choisissez votre avenir et on nous dit, vous n'avez pas d'avenir, la planète va collapser, et on nous dit plus rien n'est assuré, l'horizon est bouché, c'est la précarité, et on nous dit, si tu bavardes c'est foutu pour toi, une mauvaise appréciation sur le bulletin et c'est la fin. Alors, faut montrer qu'on en a sous le pied, qu'on a bien bossé, qu'on peut continuer. À bloc toute la journée.

Pas moyen de compter sur nos parents pour nous soulager. Quand Sylvie Chareau la prof de maths a fait son apparition le jour de la réunion de rentrée, ça a été comme si le Christ était ressuscité et changé en Beyoncé pour nos pères et en George Clooney pour nos mères. Je le sais par Rose à qui Delphine, sa génitrice, a tout raconté. Pour trente-neuf élèves, il y avait soixante-dix-sept darons, tous debout comme des cons, ambiance conférence de presse de Macron. Delphine s'en est félicitée. C'est formidable les gens sont vraiment impliqués. Devinez quel père était absent ? Cyril, à Montpellier, occupé débordé.

Comme si Sully n'était qu'un lieu de consommation, un daron a posé une question à Chareau : avez-vous bien prévu de faire de l'histoire des mathématiques ? J'ai moi-même suivi ma scolarité à Sully et j'ai trouvé cela magique. Elle a répondu doctement mais à côté, je peux déjà vous donner la moyenne de la classe du premier trimestre, ce sera douze, il y aura des quatre, des cinq. Je parie qu'aucun d'eux n'a pu s'empêcher de faire une moue jalouse, de loucher sur son voisin et de prier en son for intérieur pour que ce soit l'enfant de l'autre qui se prenne de telles tôles et pas le sien. Autant dire que ce n'est pas la peine d'attendre de ces parents-là qu'ils demandent à Chareau de ralentir.

Quand on me donne un résultat, j'ai le sentiment que c'est Mélanie qui le reçoit. Il n'y a qu'à voir la tête qu'elle fait quand elle se branche sur Pronote. Ses yeux s'agrandissent et ses doigts fébriles glissent sur l'écran, jusqu'à obtenir l'assurance que ma moyenne n'a pas baissé ou la satisfaction de la voir augmenter. Alors une étincelle s'allume dans ses yeux, une légère rougeur envahit ses joues. C'est la salle des fêtes dans sa tête. Mes bonnes notes se substituent aux notes de son alto, aux accords qu'elle ne parvient pas à exprimer. Si mes notes baissaient, son disque s'enrayerait.

Quant à mon père, je dois me présenter au rapport chaque fin de semaine, lui soumettre ma moyenne matière par matière, subir ses commentaires en mode militaire, le français semble stabilisé, j'observe une amélioration graduelle en physique-chimie. Parfois je me demande s'il ne reporte pas mes notes dans un tableau Excel.

Mélanie n'aura pas osé poser de question à la réunion, jamais osé au milieu de tous ces gens en costume, les pères les mères les professeurs qu'elle n'entend pas bien, dont elle ne comprend ni ne connaît les coutumes.

Je ne suis à Sully que depuis le lycée car nous ne sommes pas du quartier. Ce sont mes bons résultats au collège Constant du XVIIIe arrondissement qui m'y ont fait entrer, carte scolaire à la clé. Un tiers des élèves de sixième du collège Sully a continué dans le lycée. Les mêmes se suivront en prépa puis à Normale, à Polytechnique ou à HEC. Saviez-vous que seulement dix prépas de lycées constituent quatre-vingts pour cent de la promotion entrée à l'X cette année ? Sully en fait partie. Sully la grande entreprise. Ambiance managériale, vocabulaire entrepreneurial, esprit de compétition crucial. Ceux qui ne sont pas du sérail et débarquent au lycée font des efforts pour s'intégrer. Sans codes ni vernis culturel il est difficile de parler bourgeois. Sully, royaume de l'entre-soi, ne tolère que cinq pour cent d'élèves dits méritants.

Mon père m'a tout appris à ce sujet, mais ma pauvre mère est larguée. Elle fait partie des classes moyennes en danger. Pour des raisons différentes, tous deux trouvent normal que la petite bourgeoisie serve la grande, normal que les profs donnent leur numéro de téléphone aux parents, appelez-moi quand vous voulez, si vous avez la moindre demande. L'éducation est une question majeure qu'on ne peut laisser entre les seules mains des professeurs. Moi, le clientélisme à l'école, ça me fait flipper.

Tout ça pour dire que la prépa, pour mes parents, c'est tu fais d'abord ça et après tu feras ce que tu voudras. Rien de neuf sous le soleil mais la différence avec le passé, c'est la concurrence et la pression pour prix à payer. Fin de l'aparté.

Lundi matin, première heure de la journée, deuxième semaine de l'année. Chareau se lève et son bracelet à breloques se met à carillonner sans trêve. Elle retire violemment ses lunettes qu'elle garde suspendues à son cou et pointe une branche en direction de nos têtes. Le plastique s'agite. Qui va venir faire la démonstration ? rugit-elle. On retient son souffle. On baisse les yeux. On se camoufle. Vous, Ferdinand, décide-t-elle, en lâchant ses lunettes qui heurtent son pendentif en métal. Tout ça fait un bruit phénoménal.

Ferdinand s'avance d'un pas malaisé. Pourtant il a bossé, du moins essayé. Il passe au tableau, commence sa démo. On sait tous que c'est faux. C'est là que Chareau applaudit, bravo, je ne m'attendais pas à ça. Ferdi esquisse un sourire serein. Vous n'avez rien compris à rien, c'est encore plus nul que tout ce que j'aurais pu imaginer. Ferdinand sent la terre s'ouvrir sous ses pieds. C'est tellement violent qu'il ne peut plus bouger, éberlué sidéré. Chareau sort son téléphone de la poche de son gilet, prend une photo du tableau et l'envoie sur son groupe WhatsApp de profs de maths. Elle s'esclaffe. Qu'est-ce que vous voulez faire plus tard, Ferdinand ? Parce que ça ne sert à rien que vous envisagiez la prépa, vous n'avez pas la capacité de travail pour ça. Ferdi se prend la tête entre les mains. Ne vous mettez pas dans cet état, je vous dis ça afin que vous ayez le temps de trouver un plan de remplacement, un plan B, un plan C, on peut même aller jusqu'au plan T. Chareau semble ravie de son jeu de mots empesé.

Sur ce, elle se retourne et se lance dans une nouvelle démonstration. Elle écrit vite, des chiffres et des lettres. C'est tellement petit et droit que ça fait des lignes à haute tension. Et là je m'aperçois que je ne comprends rien, et même si personne ne comprend rien, à part Lyna qui murmure les formules en même temps depuis le premier rang, je sens une petite bête papillonner de rage et traverser mon cerveau. Elle fait des dégâts sur son passage. Ça ne m'est jamais arrivé de ne pas réussir à déchiffrer une formule de maths. J'ai l'impression que de multiples cordes se tendent et se détendent en moi de la tête aux pieds, des sanglots étouffés. Je vibre comme l'alto de ma mère.

À l'heure du déjeuner, puis au café, on ne parle plus que de ça, de Chareau et de ses formules incompréhensibles au tableau, son besoin sadique de nous déprimer. J'envie Lyna et ses boucles entrelacées qui ressemblent à des parenthèses. C'est la particularité de mon amie, elle réfléchit en même temps que les profs, elle sait immédiatement où ils veulent en venir, elle possède le toucher.

L'après-midi, j'ai envie de chialer mais je suis plus déter que jamais, je vais y arriver. M. Muron le professeur de physique entre avec son casque de moto essuie-glace et commence à faire cours en blouson malgré les mille degrés dans la classe. La leçon porte sur la pression. Muron écrit dans un coin du tableau les formules et l'énoncé, ça forme un petit carré, et sur le reste des démonstrations des simulations. Une pierre de douze tonnes et d'un volume de trois mètres cubes tombe dans l'eau, quelle est la force nécessaire pour qu'elle remonte à la surface ? J'ai la bonne réponse et c'est moi qui émerge de l'eau glacée. À partir de là Muron ne s'adresse plus qu'à trois élèves de la première S3, Rose, Lyna et moi. Les autres sont complètement dépassés. Je ne peux m'empêcher d'en être réconfortée.

À la fin de la journée je suis crevée et j'ai oublié que Théo venait me chercher. Son visage me paraît distordu, son long corps maigre électrocuté. Quand je lui annonce que je dois rentrer travailler, il ne comprend pas et commence à s'agacer. Qu'est-ce que tu fous dans ce lycée ? Théo et moi, on est ensemble depuis l'été dernier. Théo n'est pas BG mais stylé. Il végète dans un bahut mal coté sans autre ambition que de faire les friperies et le con. Il est disketteur beau parleur, fume dans les squares allongé tel un légume et joue au thug. Le genre qui préfère faire partie d'une grande bande d'hypocrites en sweat Carhartt plutôt qu'être pote avec un jogoss passionné, comme lui, de BD. Son rêve assumé est d'intégrer une école de commerce lilloise réputée pour la fête qu'on y fait.

Mais il est gentil avec moi. Il pense à moi. Il m'envoie des messages, des cœurs. J'ai besoin de ça. Avec Théo on n'a fait que les bails, et encore, seulement un doigté. Je ne suis pas encore prête. Ça lui bouffe le cerveau. Il n'a que ça en tête. Virilité butée exaltée.

Mardi 12 septembre, cours de français. Le professeur, Mme Dumaine, a l'air d'une jeune Anglaise surgie d'un roman de Daphné du Maurier. Cardigan en laine crochetée, longue jupe, godillots et mitaines. J'ai la haine car depuis la rentrée je lève sans cesse le doigt mais comme je suis assise au fond de la classe, elle ne me voit pas, ne m'interroge pas. Hier, Dumaine nous a expliqué ce qu'était l'épreuve du corpus, plusieurs textes à lire et une question posée, une galère. Mais comptabilisée quatre points sur vingt, coefficient deux contre neuf pour les maths. Bref, pour nous, c'est pas le nerf de la guerre. Elle nous a distribué une feuille. Lisez ces textes et répondez. Je ramasserai, vous serez notés, mais ne vous inquiétez pas, la note ne comptera pas.

Et voilà, la note est là. Je suis la seule à avoir zéro. Même si c'est sur quatre, même si ça ne compte pas, ça ne m'est jamais arrivé de ma vie. J'étais première en français l'année passée et toutes les autres années. J'ai envie de crier, vous ne pouvez pas me donner cette note-là, vous ne me connaissez pas. La prof sourit en me rendant ma copie, ce n'est pas grave, Roxane, mais vous n'avez rien compris. Je ne peux m'arracher à la contemplation du cercle parfait que son écriture a formé. Je rejouerai plus tard la scène en esprit. Je me demanderai si c'est à ce moment-là que la machine de mon cerveau, ce mécanisme rutilant infaillible perfectionné, a commencé à se dérégler.

Mes deux amies m'envisagent d'un air affolé. J'essaie de ne rien montrer mais je sens mes larmes bouillonner, sur le point de déborder. Lyna a reçu la meilleure note, cinq, et Rose la moitié. Rose se prétend nulle en français, c'est faux mais de toute façon Delphine, sa daronne, l'a inscrite à des cours particuliers à cent euros de l'heure, une fois par semaine dans le XVIe. L'assurance d'un carton, la preuve, après les résultats du bac les mères offrent rituellement des bougies et des savons à la meuf qui les organise, parfois même une écharpe ou une chemise.

En sortant du lycée, je fonce à la librairie commander des annales de français. Pour pouvoir les payer, je m'inscris sur une appli de babysitting géolocalisée. J'espère tomber sur un bébé pour avoir le temps de travailler. Au moment de descendre l'escalier du tromé, je suis prise d'une curieuse pensée. Je prie pour que le train soit bondé, pour être obligée de rester debout et qu'il me soit impossible de réviser. Je suis déjà si fatiguée, si tôt dans l'année. Je ne peux m'empêcher de penser à Rose et à Lyna qui n'ont que quelques stations pour rentrer. Je les aime fort mais parfois je me sens décalée.

Le soir, avant d'aller me coucher, je me glisse dans la cuisine sans bruit et j'enlace Mélanie par surprise. Elle sursaute, se retourne et, conquise, m'étreint à son tour.

Je lui murmure à l'oreille, mam's je t'aime et elle répond, moi pareil, tu es ma merveille. C'est notre petit rituel. Mon bébé, dit-elle. Je me laisse porter, mon visage dans le creux de son cou si doux, enveloppée d'amour maternel.

5

François, janvier 2019

« S'ils savaient surtout à quel point ils nous connaissent pas »
— Diam's, « La Boulette » —

Et maintenant Romain le fixe avec une expression stupide. Au bout d'un moment, François cède à l'impatience et aboie :

« Combien ça fait, -4 au carré ?

– -16 ?

– Non, pas -16 ! Tu es débile ou quoi ? »

Et c'est exactement l'insulte qu'il s'était promis de ne pas proférer. Il reprend d'une voix plus basse :

« Tu n'es pas débile, mon chéri, ce n'est pas ce que je voulais dire, c'est ta réponse qui est bête… »

Romain baisse la tête.

« 16 », murmure le garçon en réprimant un hoquet, ou est-ce un sanglot, avec lui c'est difficile de savoir.

François prend une grande inspiration.

« Tu es en seconde, ça devrait être automatique, les puissances étaient déjà au programme de l'année dernière. »

Romain reste immobile, son visage rond inexpressif, ses yeux baissés, et si François prenait la peine de le regarder, de bien le regarder, il s'apercevrait que les jambes de son fils tremblent, son corps tout entier tremble. Mais il ne veut pas le voir, de même qu'il ne veut pas prendre conscience du fait que le front de Romain s'est marbré de filaments rouges, que son cœur s'est emballé et bat de façon désordonnée, son sang stagne dans ses veines et les pensées noires frémissent à la surface de son cerveau, s'accumulant peu à peu en une mare compacte qui l'empêche complètement de réfléchir.

Au lieu de s'en émouvoir, il a envie de le secouer. Il voudrait qu'il se redresse, qu'il se batte, qu'il s'anime de rage. La souffrance à l'école est un passage obligé, une répétition des combats qu'il aura à mener. Il n'a pas l'intention d'élever son fils dans le coton. À son âge, personne ne l'aidait à travailler, personne ne se souciait de son bien-être. Romain a la vie facile et n'apprécie pas ce qui lui est offert. Ne rien exiger de lui n'est pas un service à lui rendre. Est-ce que Romain Gary aurait écrit si sa mère n'avait pas attendu de lui qu'il devienne un héros ? Il faut l'admettre, dans le cas de son Romain à lui, on est très loin d'envisager une carrière d'ambassadeur. S'il est admis l'année prochaine en première S ça sera déjà un miracle. Et puis François se rappelle que la section S n'existera plus à la rentrée suivante. Il n'a pas compris grand-chose à la réforme, quoi qu'il en soit il n'est pas question que son fils arrête les maths. Sans maths on ne peut rien faire, sans maths on ne peut pas devenir médecin. Le système français repose sur la notation. Il ne peut pas le changer, il tape du poing sur la table.

« Dépêche-toi, c'est pas possible d'être aussi mou. »

Dehors, la nuit est tombée par à-coups, comme un volet roulant. À présent les contours du petit jardin se fondent dans un brouillard cendreux. François distingue à peine les rameaux du saule pleureur qui oscillent légèrement. Le désarroi l'envahit, et par capillarité revient l'effrayante sensation, comparable à un serrement, qu'il combat de toutes ses forces depuis un an, mais qui toujours semble prendre davantage d'ampleur et dont il pressent qu'un jour elle va tout à fait le broyer.

Laurence fait irruption dans la pièce. Elle a entendu les cris. Elle reste d'apparence calme et souriante bien que son regard vibre de reproches, une fréquence qu'il est le seul à capter. « Vous devriez peut-être faire une pause, François veux-tu que je m'en occupe ? Romain, papa est fatigué en ce moment, stressé, il est désolé, n'est-ce pas, François, que tu es désolé ? » Ses longs cheveux bruns se balancent de droite à gauche comme les branches du saule de l'autre côté de la fenêtre. Il acquiesce d'un bref coup de menton, mais en vérité, il est plus désespéré que navré.

S'il veut être complètement honnête, il doit avouer que le peu de sens de l'effort dont fait preuve Romain l'exaspère. Parfois, il va jusqu'à penser qu'il déteste sa paresse. Pour dire les choses clairement, ils n'ont rien en commun. François ne se reconnaît pas du tout en son fils. Et aussi, il ne comprend pas d'où lui vient son côté lunaire. Qu'a-t-il raté avec lui ? À quel moment cela a-t-il dérapé ? Comment rectifier la trajectoire ? Il ne parvient pas à communiquer avec Romain, pourtant il a l'impression d'avoir tout essayé. Au fil du temps, il a varié le ton, tour à tour compréhensif : « Tu feras mieux la prochaine fois. » Distant : « C'est ta vie. » Raisonnable : « Pour avoir un bon métier il faut faire de bonnes études. » Menaçant : « Si tu continues ainsi tu iras en pension », avec ses corollaires : « Tu seras privé de téléphone, de soirées. » Colérique : « Tu te fiches de moi ? » Tendre : « Mon chéri, il faudrait se donner un peu plus de mal. » Dramatique : « Tu ne trouveras pas de travail et tu seras au chômage. » Résigné : « Quel dommage, quel gâchis. » Inquiétant : « J'ai peur pour ton avenir. » Peine perdue. Romain semble graviter autour d'eux telle une planète sur une orbite éloignée.

François ne compte plus les fois où il l'a surpris tanguant devant sa table de travail, le regard vide. Il annonce sa présence, et le corps de son fils se tord en secousses de surprise, sa voix s'envole en trémolos de cristal. Redoutant un trouble de l'attention, sur les conseils de Denis, son associé, il a fini par le faire tester, car imaginons que Romain n'y puisse rien ? Mais Romain peut beaucoup, son QI le place un seul point en deçà des surdoués. « Votre fils est à haut potentiel », lui a asséné d'un air entendu la psychologue spécialisée, et à partir de là, François doit le reconnaître, il s'est déchaîné.

« Tu n'as pas la bonne méthode, c'est tout, il faudrait peut-être changer de système, prendre un professeur de maths au lieu d'un étudiant », suggère doucement Laurence.

François hoche la tête de nouveau. Ce soir, il n'a pas la force de répondre. Le garçon lui coûte déjà assez cher, entre les cours particuliers, les séjours en Angleterre, les leçons de tennis, de piano. Tout ça pour l'entendre massacrer la *Suite bergamasque* de Debussy. Il a beau tenter de lui transmettre sa foi dans le savoir,

Romain l'ignore. Pour son fils, il n'y a aucune honte à n'être jamais allé à l'opéra, au contraire, c'est même un motif de fierté. Il refuse d'aller au musée. Son apprentissage se fait à travers le rap et les séries télé, en position allongée et dans une odeur de renfermé. Le grand dénominateur commun de cette jeunesse-là ? La tenue de jogging. Au moins, se désole François, le grunge et le punk avaient du style. Difficile de qualifier de seyantes les fesses tombantes du grand animal exotique en survêtement qui lui tient lieu de fils.

Il martèle la table de ses doigts, puis décide de laisser tomber et se lève. Tant pis pour Romain s'il ne veut pas comprendre qu'avec du travail on arrive à tout, tant pis si rien ne l'intéresse à part l'iPhone, Spotify et les jeux vidéo, sans oublier les baskets hors de prix que ses parents refusent de lui payer, ah ça, il l'a bien compris maintenant, s'ils le laissaient faire, le gamin serait capable de traverser la grande couronne au pas de course jusqu'au marché de Montreuil pour une paire de Nike volée.

Laurence l'a suivi dans la salle de bains. Il se retourne et prend sa main en signe de calme retrouvé. Le visage cartonné de fatigue de sa femme se reflète dans le miroir, au-dessus du lavabo. Depuis un an, elle dort mal.

« Tu es trop négatif, avance-t-elle de son phrasé délicat, il a eu dix-huit à son kwyk, le devoir de maths maison sur Internet, te l'a-t-il dit ? »

François sent une petite onde de satisfaction le parcourir, mais il a vite fait le calcul, cette note-là ne suffit pas à remonter la moyenne de Romain.

Quand celui-ci leur a annoncé qu'il envisageait d'arrêter les maths l'année prochaine, François lui a rétorqué qu'il n'avait pas conscience de sa chance d'avoir des parents informés, éduqués, qui savaient ce qui était bien pour lui, qui s'en souciaient et n'ignoraient pas, eux, contrairement à d'autres parents moins bien informés, moins éduqués, qu'aucune classe préparatoire d'ingénieur ou de commerce, aucune prépa médecine n'accepterait dans ses rangs un enfant qui avait arrêté les mathématiques, réforme ou pas. Qu'il n'avait pas le choix et que c'était pour son bien, qu'il le remercierait plus tard.

Si on lui demandait pourquoi son fils est la seule personne envers laquelle il manque d'empathie, pourquoi sa réussite scolaire revêt une telle importance à ses yeux, si on l'accusait de l'envisager comme une extension de son propre corps, un objet transitionnel, et de céder au paradigme social, il aurait probablement un moment d'hésitation avant de s'en défendre. Il n'admettrait pas que, à l'idée de son fils mauvais élève, l'angoisse le submerge, qu'il l'identifie à la crainte d'être un mauvais père, et aussi à quelque chose d'autre, si effrayant qu'il a du mal à le nommer, quelque chose de violent et de syncopé, qui le dépasse et qui ressemble, dirait-il, au premier mouvement de la *Symphonie n° 25* de Mozart : la peur du déclassement.

Dans son combat, Laurence le seconde, à la manière d'un lieutenant fidèle quoique nettement plus indulgent. Romain fait de son mieux, les jeux en réseau lui servent de soupape, il a tellement grandi ces derniers mois qu'il est épuisé, il est pareil aux autres, tous accros à Instagram, Snapchat et YouTube, que peut-on y faire ? Mais au fond, François est persuadé qu'elle est aussi inquiète que lui. Un temps cruciverbiste, Laurence a été destituée par l'ordinateur, à la suite de quoi elle a créé un laboratoire de cuisine pour événements professionnels. Elle propose désormais buffets foie gras et ateliers gaufres aux entreprises implantées dans les Yvelines. Elle travaille comme une folle, avec ce qui leur arrive elle n'a pas le choix, et c'est dit sans l'ombre d'un reproche, parce qu'elle le soutient dans l'épreuve, parce qu'ils forment une équipe, pas d'autre choix donc que d'abandonner à lui-même, ou plutôt aux écrans, leur fils entre seize heures, l'heure de fin des cours, et vingt heures trente, celle de son retour. Laurence a bien essayé de cacher les manettes, de débrancher le wifi, mais le garçon a de la ressource, il parvient toujours à se reconnecter, elle en est d'ailleurs venue à en tirer une certaine satisfaction qui la déculpabilise.

Ces derniers temps, Laurence semble en vouloir à François. La semaine dernière, quand il a tenté de lui expliquer qu'un enfant n'est certes pas une pâte molle qu'on peut modeler à sa guise, mais qu'il s'imprègne tout de même de ce que ses parents disent, font, et qu'il faut donc lui donner un cadre, de la rigueur pour que son ferment naturel puisse lever, elle lui a répondu sèchement qu'il parlait de son fils comme d'une pizza. « Romain est beaucoup plus débrouillard que ce que tu crois. Il s'en sortira dans la vie, j'ai confiance en lui. On peut y arriver sans être fort en maths, figure-toi. Il faut que tu réussisses à mieux communiquer avec lui. Sais-tu qu'il écrit des poèmes ? Je les ai lus en cachette. »

François a haussé les épaules, et puis quoi encore ?

Ce soir, Laurence a rapporté les restes du cocktail préparé par son chef pour le séminaire annuel d'une entreprise de cosmétiques établie à Plaisir. Voilà l'un des avantages de son nouveau métier, ne pas être obligée de faire la cuisine en rentrant du travail, quand bien même leurs menus s'en trouvent baroques et déséquilibrés.

Chaque samedi après-midi, la femme de François s'octroie une heure de détente au centre commercial Parly 2. Elle range ses achats dans une minuscule pièce sous l'escalier dont François s'interdit l'accès. Tout le monde possède un refuge secret. Parfois, elle en extrait une paire de bottes ou de boucles d'oreille, toujours achetées en solde, et il ne manque pas de la complimenter. Chacun a sa manière de témoigner son appui à l'autre. François parle très peu du procès à venir, comme si ne pas l'évoquer écartait la possibilité qu'il ait lieu, une sourdine avant la déflagration. Il a conscience que sa femme aimerait qu'il exprime davantage ses émotions, analyse ses pensées, dissèque son anxiété, mais il en est incapable. Pour le reste, ils continuent de partager leur amour du jardinage, des documentaires animaliers, de la musique de chambre, de la marche en montagne. Comme lui, Laurence aime randonner, pas escalader. Elle non plus n'éprouve pas le besoin de se situer au-dessus des autres. Elle le lui répète souvent, plus on s'élève et moins bien on respire.

Il n'est pas question pour François de répondre à l'attirance que sa blouse blanche déclenche chez ses patientes. Il a toujours apprécié sa vie calme, à l'abri, et aussi l'image positive que son caractère sérieux lui renvoie, l'idée exemplaire qu'il se fait de lui-même. Dans sa vie privée comme dans son travail, il aime l'ordre et a horreur qu'on le désorganise. Réaliste, il a vite compris qu'un séjour prolongé dans la zone du succès, dans quelque domaine que ce soit, professionnel ou féminin, se révélerait par trop inconfortable. Il doit reconnaître qu'il n'aurait jamais pensé aller jusqu'au bout de son penchant pour l'autodestruction, qu'il croyait avoir des mécanismes de défense suffisamment puissants pour le parer du danger, un couvercle solide et inaltérable pour résister à la pression. Il a préjugé de ses forces.

L'image du 15 janvier 2018 lui revient et, ce soir, face à Laurence épuisée, face à Romain assommé, face aux canapés au saumon, aux makis de houmous et falafels, aux bretzels de rillettes au thon, il sait qu'il doit continuer de faire face, mais soudain l'air s'embrume devant ses yeux et la pièce se met à tourner, une rotation brillante et rapide. Sa gorge se serre, il ne peut plus respirer. Ses oreilles bourdonnent, un carillon affolant, au point qu'il doit s'agripper à la table de la cuisine pour ne pas tomber dans le vide qui s'est ouvert devant lui.

Sa spécialité était de réparer les cœurs, pas de les briser.

6

François, janvier 2019

« Le sang gèle, toujours le même cauchemar »
— Nekfeu, « Takotsubo » —

Les fauteuils en cuir vert de la salle d'attente du Conseil régional d'Île-de-France de l'Ordre des médecins lui paraissent tellement confortables. S'il le pouvait, François ne se lèverait plus jamais.

« Il n'y en a pas pour longtemps à attendre », tente de le rassurer Maître Karevsky tout en enfilant sa robe.

L'avocat de François ressemble à une créature mythologique, un homme à tête de molosse. La chevelure noire et lustrée, des yeux telles deux billes brillantes, un nez carré, des bas-joues flottantes et poilues, de grandes lèvres ourlées et tombantes, tout en lui évoque le Cane Corso, ce chien de garde à l'aspect terrifiant. De l'animal, ses propriétaires diraient qu'il est un compagnon au caractère doux, attentionné et loyal. En quelque sorte à l'image de Jérôme Karevsky, ami d'enfance de Laurence, dont la spécialité se trouve être le droit de la famille et non le droit médical, mais sans qui François n'aurait jamais survécu à l'année qui vient de s'écouler.

Il le sent, de l'autre côté de la petite pièce, également assise dans un fauteuil vert, la plaignante cherche avidement son regard. Pour l'instant, François garde les yeux baissés, ne pouvant se résoudre à affronter la maigreur extrême de son accusatrice, ni s'exposer à la puissance de feu de ses yeux rougis, presque sauvages, il ne peut pas.

« Elle a changé de conseil, celle-ci a l'air d'avoir quinze ans », nasille tout bas Jérôme, pour ne pas être entendu de l'autre partie.

François jette un coup d'œil furtif à la très jeune femme rousse en robe noire qui se tient au côté de sa cliente, la mine recueillie, une pile de dossiers sur les genoux.

« Tu me laisses parler, d'accord, pas comme la dernière fois. »

Jérôme fait référence à la tentative de conciliation organisée par le Conseil départemental de l'Ordre des médecins des Yvelines, à Noisy-le-Roi, en avril dernier.

Lors de leur premier rendez-vous, le lendemain du jour où François avait appris l'existence de plaintes contre lui, Maître Karevsky lui avait présenté les méandres du chemin de croix qui l'attendait. Son vocabulaire était procédural, technique. François avait eu quelque difficulté à se faire à la voix étrange de l'avocat. Au début, il avait cru à un rhume et puis il avait dû se rendre à l'évidence : Jérôme parlait du nez. Il souffrait d'un trouble de la résonance due à une anomalie du voile du palais.

« Quand un patient est mécontent du médecin et de la thérapeutique, il a trois options : la juridiction civile, en vue d'une indemnisation pécuniaire ;

l'action pénale, qui juge un délit le cas échéant, crime ou coups et blessures; et la plainte devant le Conseil de l'Ordre des médecins, lequel est uniquement habilité à juger sur le terrain de la déontologie. Dans ton cas, la plaignante a déposé deux recours, l'un au civil, l'autre devant le Conseil de l'Ordre. La plainte au civil commencera par une expertise, puis ce sera la procédure, il y en aura pour quinze mois environ. Devant le Conseil de l'Ordre, tu cours le risque d'une sanction, voire d'une radiation du Tableau. Le Conseil départemental va être saisi en premier et mettra en place une conciliation entre toi et la plaignante, d'ici à trois mois. Si la conciliation échoue, le dossier sera transféré au Conseil régional d'Île-de-France, qui nous convoquera dans l'année, dans ses locaux parisiens, rue Borromée. L'appel est possible devant le Conseil national et dans ce cas, la procédure peut prendre quatre ans.» Puis il avait ajouté: «En général, lors d'une conciliation, les gens sont courtois. Ça se passe dans un bureau neutre ultramoderne, ils ont quand même mis un peu de moyens, quand on pense aux cotisations que vous payez.»

Jérôme Karevsky tenait les médecins en très haute estime. Que pourrait-on avoir à leur reprocher? L'un d'entre eux n'avait-il pas sauvé sa fille âgée de deux ans de la noyade? La petite jouait au fantôme, la tête couverte d'une serviette de plage. Empêtrée dans l'éponge du tissu, elle était tombée dans la piscine d'un centre de vacances près de Montpellier et avait coulé à pic, «comme une torpille». Il se trouve que l'homme en slip de bain vert qui avait plongé pour la récupérer était ORL, mais il aurait aussi bien pu être plombier. Karevsky aurait-il alors développé un amour immodéré pour les furets et les pinces à sertir? Quoi qu'il en soit, à partir de ce jour-là l'avocat s'était pris de passion pour la profession médicale, une des raisons pour lesquelles, dès que Laurence lui avait téléphoné, il était venu à leur secours, toutes affaires cessantes. Jérôme jugeait les médecins héroïques. « Vous faites de la médecine pour aider, pour soigner, pas pour gagner de l'argent. Et quand on vous attaque, vous éprouvez toujours un sentiment de culpabilité intense, même si vous n'avez rien fait de mal. »

À peine entrée dans la salle de conciliation, une petite salle borgne tout sauf moderne, la plaignante s'était approchée de François et avait murmuré d'une voix tremblante, « c'est de ta faute ». Jérôme Karevsky avait dû, d'emblée, montrer les crocs. « Je vais vous demander de reculer, madame. » Incapable de se contenir malgré les recommandations de son avocat qui l'avait enjoint au silence, François avait tenté de se défendre, « Je suis désolé, j'ai fait ce qu'il fallait, je n'ai pas voulu… ». Alors Karevsky l'avait ceinturé et tiré en arrière, le faisant disparaître sous sa grande manche papillon, sous le tissu noir.

Une fois dehors, l'avocat l'avait libéré de son emprise et François s'était retrouvé tout étourdi rue de Verdun, entre le bâtiment en briques rouges et surfaces miroirs qui abritait le Conseil départemental et les pavillons environnants, dans une atmosphère incongrûment bucolique. Le ciel d'avril se morcelait en nuages légers et triangles de ciel bleus, un puzzle éclaté. De l'autre côté de la rue, les toitures disparaissaient sous la verdure printanière. On entendait des rires d'enfants et les chants aigus des mésanges.

François avait opposé la paume de sa main à Jérôme qui s'apprêtait à lui offrir quelques paroles réconfortantes. Il s'était dépêché de monter dans sa voiture, déployant une énergie faramineuse pour arrêter de penser. Bien que sa propre maison ne fût qu'à quelques minutes et que Laurence l'y attende, il avait éteint son portable et filé au Soleil du Sud, le café mitoyen de son cabinet médical, à Bois d'Arcy. Là, il s'était goinfré de beignets sous la protection silencieuse de Wafa, la patronne, dont la généreuse délicatesse lui rappelait celle de Bintou.

François avait, dans un premier temps, choisi la dermatologie pour briller aux yeux de son père, mais aussi, quand il y repensait, à cause de ce dimanche lointain, sur le parvis d'une église à N'Djamena. À sept ans, Daniel l'avait envoyé, ou plutôt expédié, en vacances chez Daddy, son propre père, magistrat désormais coopérant après avoir été administrateur colonial. Le lendemain de son arrivée au Tchad, celui-ci l'avait emmené à l'église. Ce jour-là, le thermomètre affichait trente-trois degrés et le ciel paraissait au bord de l'implosion. De gros nuages en forme de sac de couchage grésillaient et la terre rouge avait pris une teinte verdâtre. À la sortie de la messe, les mendiants lépreux avaient surgi des ruelles adjacentes, pareils à des morts-vivants, présentant leurs moignons. Daddy avait déposé une petite pièce de cinq francs CFA dans chacune de leurs poches, sans les regarder, sans cesser de parler du poulet rôti qui les attendait et de la pluie imminente qui risquait de les retarder.

François n'avait pas eu peur des lépreux. C'était même tout le contraire : il avait éprouvé une envie intense de les connaître et de les aider.

À la maison, il ne put toucher au pilon de poulet que Bintou, la cuisinière, avait déposé devant lui. Sans qu'il ait besoin d'expliquer quoi que ce soit, Bintou lui avait tendu à la place une assiette de beignets en lui expliquant que la lèpre détruit les structures nerveuses de la peau : les gens ne sentent pas la chaleur du feu, ils se brûlent et cicatrisent mal. Quand Bintou prétendit avoir égorgé le poulet la veille au pied d'un jujubier pour faire venir la pluie, il ne la crut pas.

Bien des années plus tard, elle lui prédirait qu'un jour, lui non plus ne sentirait pas le danger et se brûlerait, mais il ne la croirait pas davantage.

La greffière entre dans la salle d'attente et appelle : « Affaire Fabre contre Hanner. »

Tous quatre se lèvent en même temps, se mettent en marche et se suivent en file indienne sans dire un mot.

Situé au sous-sol d'un immeuble moderne de la rue Borromée, dans le XVe arrondissement de Paris, le tribunal du Conseil régional d'Île-de-France de l'Ordre des médecins ressemble à une crypte. Au fond de la pièce rectangulaire, une alcôve lambrissée abrite, dans sa niche centrale, un buste en plâtre dont François ne distingue pas les traits, Hippocrate probablement, divinité médicale qui a dû être placée là pour dépasser d'une tête, dans un effet de perspective forcée, le visage blanchâtre du président de la chambre disciplinaire.

Le juge administratif siège au milieu d'une immense table de bois blond en arc de cercle. À ses côtés, de part et d'autre, huit médecins ayant tous dépassé la soixantaine, cinq hommes et trois femmes, tous blancs, tous vêtus de leur robe d'apparat rouge et noire. Les chaises sont placées en demi-lune, et si François avait le pouvoir de s'élever et de flotter au-dessus de la scène, il observerait un parfait exemple d'arcs brisés, lui que l'architecture médiévale a toujours intéressé.

Pour l'instant, il pose ses mains à plat sur ses cuisses pour tenter de calmer le tremblement qui les a saisies dès son entrée dans la salle. Si on mesurait l'activité électrique de son cœur, le tracé montrerait une onde positive supplémentaire, une contraction auriculaire prématurée qui se glisse entre deux pulsations normales. La marque de l'anxiété. Un léger coup de cymbale, pimentant un thème classique, par la grâce d'une extrasystole.

Il porte son regard sur le sol en linoléum rouge brillant. On dirait une flaque s'étendant sous ses pieds, du sang coagulé. Jérôme lui serre l'avant-bras pour lui donner du courage. François se force à relever la tête. L'avocat l'a prévenu qu'il ne s'agissait pas de prendre une attitude de victime, alors même qu'il est convoqué à comparaître devant l'Inquisition et qu'on le traite comme un délinquant.

L'un après l'autre, il observe ses futurs juges, les numérote en esprit. Les hommes tout d'abord. Il n'est pas aisé de les distinguer les uns des autres. Seul le numéro un est complètement chauve. Les autres arborent cheveux gris et lunettes. Leur toge noire ornée du rabat blanc plissé pourrait les faire passer pour des hommes d'Église si n'étaient les trois rangs de fourrure synthétique blanche au travers des simarres rouges qui, bien qu'elles soient censées marquer leur statut de docteur, leur donnent l'allure d'une équipe de pères Noël pour centre commercial.

François les détaille avec anxiété. Ainsi, son avenir repose entre les mains de ces hommes et femmes de l'ancienne génération, des médecins conservateurs ayant pris part à tous les combats d'arrière-garde, disposant de suffisamment de temps libre pour candidater, se faire élire et siéger au Conseil, et qui, après avoir décidé de son sort, iront déjeuner au restaurant, à ses frais et à ceux des trois cent mille praticiens forcés de cotiser à hauteur de trois cent trente-cinq euros par an pour régler les loyers et dépenses de cette institution vestigiale, poussiéreuse et inutile qu'est le Conseil de l'Ordre, cet appendice du corps médical, cette saloperie. En se disant cela, François se rend bien compte que l'épreuve commence à l'abîmer. Il s'aigrit. C'est exactement ce contre quoi Bintou l'avait mis en garde.

La dernière fois qu'il avait vu la cuisinière de son grand-père, il avait quinze ans. Une nouvelle guerre approchait, Daddy s'apprêtait à quitter le Tchad définitivement. Bintou partirait bientôt rejoindre les membres de son clan et leurs troupeaux de chèvres, leurs sols pauvres, leurs cieux secs. François était sur le point de s'endormir quand Bintou était entrée dans sa chambre pour lui demander de promettre solennellement de toujours rester un jeune garçon sensible et charitable, enthousiaste et respectueux des anciens. « Ou alors un *massasin* prendra possession de toi et avec ses griffes il t'attirera vers le bas, dans le vide », l'avait-elle menacé. Il n'en croyait pas un mot mais, pour lui faire plaisir, il avait acquiescé. Elle avait sorti une petite calebasse qu'elle cachait sous sa longue jupe, plongé un doigt dans la décoction verte à l'odeur boisée et avait tracé un signe sur son front. Il se souvenait de son tout petit visage laqué près du sien, de sa couleur brou de noix, de son parfum de sucre chaud.

« Tu seras médecin, tu t'occuperas des pauvres, des aînés et des jeunes en souffrance. »

Le lendemain, elle avait disparu. Sous son oreiller, il avait trouvé un étui en peau de cabri contenant une petite tête d'oiseau séchée qui le dégoûta un peu sur le moment mais qu'il avait pris soin de rapporter en France. Il ne s'en était jamais séparé. Au fait, il ne se rappelle plus l'endroit où il a rangé le talisman. Il en aurait bien besoin à présent.

Son procès a débuté. Il est prévu qu'il dure quarante-cinq minutes. Moins d'une heure pour une vie. François ne parvient pas à se concentrer. Alors même que la chambre disciplinaire de première instance se trouve être la clé de voûte de la procédure devant le Conseil de l'Ordre. Et qu'elle est bien plus importante, finalement, que l'affaire civile qui suit son cours en parallèle. L'expertise par laquelle celle-ci commence n'aura pas lieu avant l'année prochaine. Et s'il perd au civil, a-t-il fini par comprendre, ce sont les assurances qui paieront, pas lui. En outre, l'expertise en question se tiendra dans une salle de réunion à l'hôpital, un endroit familier. Bref, ici, il s'agit d'un vrai procès, d'un vrai tribunal. Qui engage toute sa personne, tout ce qu'il est.

Le président de la chambre se nomme Daniel Lefèbre, c'est écrit sur la pancarte posée devant lui. Le magistrat possède le même prénom que son père, le même genre de physique désuet, houppe de cheveux blancs délicatement peignée au sommet du crâne, joues pincées, yeux enfoncés dans les orbites, lèvres minces, sourire jovial. De loin on s'y tromperait.

Son esprit se dérobe de nouveau et quelque chose s'allume en lui, une musique qui ressemble à *Acid Tracks* de Phuture, un morceau qu'ils écoutaient souvent, son copain Blanchard et lui, un son à cent dix-neuf battements par minute qui plaçait leur corps et leur cœur sur le même tempo. À quel rythme bat à cette heure précise, neuf heures quinze, le cœur de Blanchard ? Impossible de le savoir, car il n'est pas venu à l'audience. Depuis la plainte, François n'a plus aucune nouvelle de son ami d'enfance. Blanchard ne répond pas à ses messages. C'est comme s'il avait disparu, lui aussi. Laurence non plus n'est pas présente dans la salle, parce qu'il le lui a défendu. Il a pour principe de ne pas ajouter de l'angoisse à l'anxiété.

Sur les bancs de bois clair qui ressemblent à s'y méprendre à ceux d'une église, une seule personne a pris place, une jeune fille blonde dont le visage lui dit quelque chose. Elle doit avoir dix-huit ans. Il se retourne un instant pour l'observer. Elle est assise sous un soupirail. Diffractée par des pavés de verre sablé, la lumière du jour se répand dans l'air tel un nuage de plumes. Les cheveux de la jeune fille se mêlent à un rayon lactescent. Son visage semble auréolé de neige. Qui est-elle, que fait-elle là ?

Il n'a pas le temps de continuer à se poser la question car Daniel Lefèbre vient de prendre la parole pour demander au médecin rapporteur de résumer la situation. Il s'agit de celui à qui François a attribué le numéro quatre, un vieil homme corpulent dont les lunettes carrées accentuent la mine sévère. La musique électro s'éteint brusquement, remplacée par une voix éraillée, bien réelle celle-là.

François décide de fredonner un morceau en esprit pour couvrir la voix, n'importe quoi fera l'affaire, quelque chose d'apaisant, les huit premières notes de l'*Aria* des *Variations Goldberg* par exemple. Mais les paroles du médecin parviennent très distinctement à ses oreilles, creusant un sillon dans son crâne, découpant au scalpel dans sa chair.

«… une réunion de conciliation en présence de Mme Fabre et du docteur Hanner a eu lieu le 14 avril 2018 dans les locaux du Conseil départemental des Yvelines sans parvenir à un accord. Il est demandé à la chambre disciplinaire du Conseil de prononcer à l'encontre du docteur Hanner la sanction qu'elle jugera adaptée à la gravité des manquements déontologiques qui lui sont imputables. Le 15 janvier 2018… »

La chaise de la plaignante se renverse brusquement en arrière. On entend un bruit de bois rebondissant par terre. Elle fait un malaise. Son corps gît sur le sol rouge, comme dans une flaque de sang. Tétanisé, François regarde la scène fixement, comme si quelqu'un d'autre que lui était en train de la vivre, tandis que l'ensemble des médecins présents dans la salle se précipite pour la secourir. Leurs voix lui parviennent de très loin. « Chute de tension. » Le langage médical courant a adopté le terme de tension alors même qu'on devrait utiliser celui de pression pour qualifier la force qu'exerce le sang sur la paroi des artères: une chute de pression équivaut à une baisse de la quantité de sang pompée par le cœur.

Il est peut-être l'unique cardiologue dans la salle, mais il n'est pas le seul qualifié pour soulager ce qu'on appelle communément un malaise vagal, un trouble banal, sans gravité, souvent dû à un état d'angoisse. En quelque sorte, la victime du malaise fait baisser sa propre pression pour se fabriquer son petit espace de vide, pense furtivement François.

Peu importe le diagnostic. Pour l'heure, l'audience est ajournée, reportée au mois prochain.

Deuxième mouvement

7

Roxane, octobre 2017

« Adieu tous ces profs dépressifs, t'as raté ta propre vie, comment tu comptes élever mes fils »

— OrelSan, « Suicide social » —

Quand je pénètre dans la maison de Sète, l'écran de mon portable affiche onze heures du matin, samedi 21 octobre, première semaine des vacances de la Toussaint.

Le mistral souffle. Le ciel draine des tourbillons bleus et blancs, des sucettes foraines pour enfants. Sur la mer roulent des billes d'écume pareilles à du pop-corn. L'eau se pique d'énormes mouettes qu'on dirait en plastique. Aujourd'hui, j'ai la forme.

Hier soir, à Paris, il y avait une fête chez Ferdi. Askip ses darons allaient être absents. Imaginez la tête de mon meilleur ami au bout de sa vie quand ils ont surgi à minuit ! Je portais un pantalon taille haute blanc, un haut noir court mais pas moulant, des cheveux lissés, un visage maquillé. Voulez-vous que je vous raconte la soirée ?

Chambre une, deux incrustes bicravent tandis que dix mecs faya assis en cercle ne parlent pas : ils écoutent

Sofiane et Kalash Criminel en mode caillera. Chambre deux, un garçon et une fille tchatchent, le garçon cherche à la pécho, la fille veut qu'il reste dans la friendzone, le garçon la traite de bi-atch, elle sort en vitesse de la pièce, elle s'en sort bien, avec Rose et Lyna on a déjà trois copines qui se sont fait violer par leurs propres mecs ou des potes bourrés en soirée. Chambre trois, volume à fond, Oxmo Puccino, Booba, on s'ambiance, on se lance, il est où le before de l'after ? Chambre quatre, on parle écologie sur le lit et on conclut un pacte par un chapiteau de mains, avant que la Terre ne succombe et se change en tombe on sautera ensemble, complices, dans un précipice, dont acte. Chambre cinq, une fille torchée à la vodka s'effondre sur le parquet et ne se relève pas, les pompiers connaissent la musique, coma éthylique, la soirée est terminée. Ferdinand est massacré par ses parents, privé de téléphone de festivités de vacances, éviscéré. Voilà, êtes-vous satisfaits ?

Mélanie dit, arrêtez tous de parler en rafale comme des mitraillettes. Mais c'est peut-être qu'on s'emballe parce qu'on a peur que notre monde s'arrête ? On veut en profiter, c'est si facile de nous casser. Peut-être qu'on halète car notre cœur s'étrangle ? On est si fragile sensible faillible. Peut-être l'avez-vous oublié ?

Vous autres, adultes, ne comprenez pas notre besoin de chansons mélancoliques quand on se sent tristes. OrelSan, Tyler the Creator, The Internet, des titres épidermiques. Vous essayez de nous en empêcher. Vous voudriez nous voir relever la tête et nous changer les idées, nous faire écouter Abba Dalida David Guetta. Vous méconnaissez notre besoin d'en rajouter pour évacuer, amplifier nos émotions. Ça nous fait du bien de pleurer, et tant pis si ça vous fait flipper.

Aujourd'hui, pas besoin, je vais bien. Hier on a décompressé. Ferdi Rose Lyna, mes amis, mes vies. Ah, Théo était là, aussi. Entre nous, tout s'est bien passé.

Juste avant les vacances, le bulletin de mi-trimestre est arrivé. Les dégâts sont limités, je n'ai que treize en maths mais seize en français. Je me suis bien rattrapée depuis le zéro de la rentrée. Je dois dire que le sujet de la dissertation me branchait bien. C'était, Phèdre est-elle un concerto pour femme ou une symphonie d'orchestre pour comédiens ? Je penche plutôt, contrairement à Jean-Louis Barrault, pour la première proposition. Je vibre pour Phèdre jalouse anéantie par la passion l'humiliation la résignation. La moyenne de la classe était de quatre. Certains ont même obtenu des notes négatives. Entre-temps, on a appris que Dumaine s'était vue interdite de correction au bac. Encore une qu'il faudrait dégager. Mais pour la virer, il faudrait qu'elle s'avère pédophile et encore, l'Éducation nationale, c'est comme l'Église : les fous, les alcooliques, on les protège, on se les refile. Si on en lâche un c'est le début de la fin.

Pourtant, ce sont des enseignants qui m'ont sauvée. Sans la mal nommée Lallement, je ne serais peut-être plus parmi vous. Elle m'a suivie pendant tout le collège, m'a appris à lire, je veux dire vraiment lire, avec Maupassant Flaubert Camus en ligne de mire. Je vous l'ai dit, c'est elle qui s'est aperçue de mon mal-être et a contacté Mélanie.

Tous les darons, sans exception, expérimentent le phénomène de la projection. Si les contours de leur descendant ne se superposent pas exactement à leur image de l'enfant rêvé parfait, c'est le cataclysme.

L'enfant perçoit le séisme et tente de se conformer à ce que ses parents attendent de lui. Il mobilise toutes ses forces et alors survient l'épuisement. C'est ce qu'a observé, chez moi, Catherine Lallement.

Catherine avait pris le temps d'apprendre à tous nous connaître, à comprendre les rôles de chacun dans la classe, le caïd, le fragile, le timide, le communicant. Elle nous emmenait au théâtre, au ciné. Quand elle a décidé d'arrêter de nous noter, ça ne s'est pas bien passé. Personne au collège n'a accepté, le pouvoir des uns et des autres s'en trouvant diminué. Alors elle a recommencé, mais sans jamais qu'une de nos notes ne descende en dessous de quatorze. Elle se montrait si positive que tous, profs et darons, en étaient complètement déroutés. Elle a été convoquée, sommée de s'aligner.

Ils ont toujours fait comme ça, ils ne vont quand même pas changer ! À croire que vous, nos profs, vous, nos parents, prenez du plaisir à nous voir souffrir, mus par l'obsession de nous dynamiser, nous secouer, nous endurcir. Peu importe si ça nous fait nous sentir stupides. Vous revêtez votre panoplie de manager. Nous ne sommes pas sur Terre pour nous amuser. Nous sommes priés d'être compétitifs, conformes, de bons produits homologués. Quels que soient nos efforts nous serons défaillants. C'est un système qui repose sur l'échec. Une société de tyrans. Bats-toi mon enfant lance-toi, et si tu tombes tu te relèveras. Avec un peu de chance tu ne te fracasseras pas. Nous sommes vos cobayes nous sommes vos trophées, vos jouets sélectionnés pilotés triés orientés. Génération anxiété.

Un jour en DST, je me suis mise à transpirer des mains. Tout ce que j'écrivais s'effaçait au fur et à mesure.

L'encre bleue de mon stylo se brouillait comme si je pleurais sur ma copie, ce que j'ai fini par faire, silencieusement et en me cachant. Mme Lallement l'a vu et m'a discrètement donné un petit carton pour que j'y pose mon poignet. Catherine nous parlait, nous consolait au besoin. Quelques semaines plus tard, la proviseure l'accusait de se montrer trop gentille. Tu n'es pas assistante sociale, tu vas te faire bouffer. Elle lui a rétorqué qu'on n'allait pas faire appel à une société de vigiles pour nous mater. Lassée, elle a fini par demander un autre établissement. À Angers, il y fait bon vivre, il paraît.

C'est qu'il faut avoir le cœur bien accroché pour faire prof. En réalité, il faut être taré. Insultés agressés mal payés, mal considérés mal traités mal encadrés, pas formés rudoyés bousculés. Les profs entrent en classe avec leur mine pitoyable de boucs émissaires de l'Éducation nationale, chargés de nous faire ingurgiter dans l'année des programmes de plus en plus lourds, de plus en plus techniques, sous format numérique. Dire que la plupart sont complètement nuls en informatique ! Du coup, ce qu'ils ont à faire, ils le font n'importe comment, en mode totalitaire.

Bref, on les prend pour des cons. Pas étonnant que surgissent des Chareau, des Dumaine, des Muron. L'école préfère nous enfermer que nous sauver.

Ce samedi soir, à Sète, Marco, un ami de Manon, est invité à dîner. Marco est prof de SES dans le même lycée. Il est sympathique, je l'aime bien. Je l'observe j'apprends je retiens.

À vingt-deux heures, Cyril va se coucher. Il a bu cinq verres de rosé et il est fatigué. Trop de kite surf dans la journée. Vous connaissez sûrement ce sport de glisse, une planche tractée par une voile, la nouvelle passion des quinquas. Cyril slalome du côté de La Grande Motte, de la presqu'île de Giens ou de Dakhla. Certains de ses amis font le tour du monde pour ça, un nouveau spot par mois. N'importe quoi du moment qu'ils ont l'impression d'avoir encore des couilles, pardon, de continuer à exister, d'affronter le danger. Bon, c'est sûr, il y en a bien un qui va finir par se tuer.

Donc, Cyril a quitté la tablée. Marco et Manon ne font que se disputer, toujours au sujet du même dossier, l'évitement scolaire, et ce depuis que Marco a appris que Manon avait mis sa fille Claire dans le privé. Manon a donné un nom de daronne à son enfant alors qu'elle-même porte un prénom de ma génération. Claire est présente au dîner. Mention très bien au bac, HEC, blonde, mince, elle a vingt ans et le visage qu'on associerait à un lied de Schubert. Le pire étant que, en plus de tout ça, elle se montre aussi sympa que sa mère. Claire, le modèle de mon père, le mien par extension.

Pourquoi as-tu fait ça, Manon ? s'agace Marco. Si même les collègues envoient leurs gamins dans le privé, ça signifie bien que le système est vicié. Il en va de ta responsabilité. N'es-tu pas gênée par l'aggravation du sentiment de frustration qu'éprouvent ceux à qui on a fait croire à la méritocratie, ceux qui n'ont que l'école comme moyen d'ascension ? Les parents désertent les lycées en difficulté et leur mauvaise réputation s'en trouve alimentée. Les gens sont d'accord pour vivre les uns à côté des autres, mais pas les uns avec les autres.

Il poursuit, c'est bien fini l'école comme lieu commun. Maintenant, t'as d'un côté les gamins oubliés ghettoïsés et de l'autre ceux pressurisés qui marchent aux médocs, tu seras bizuté mon fils et tu feras partie des nôtres !

Manon lui répond d'un ton condescendant, ma fille va parfaitement bien, merci. Tu voulais donc que je la sacrifie ? Elle qui était si douée ? Alors j'avoue, je refusais qu'elle s'ennuie et je lui ai acheté un environnement social, des camarades de classe ouverts et bien éduqués. Peut-être faudrait-il donner plus de moyens aux lycées compliqués ?

Sûrement, admet Marco. En attendant, ta fille fait HEC et va exploiter son diplôme, en retirer toute sa rentabilité. C'est la même chose que le marché immobilier. Il n'y a pas d'issue à cette situation qui convient aux élites. Du moins devrait-on réformer le financement du privé. Les prix ne sont pas assez élevés. C'est comme les prépas. Leur gratuité n'a aucun sens si les meilleurs élèves de toutes les classes sociales ne peuvent pas y accéder.

Claire intervient d'une voix égale pour désamorcer la bombe sur le point d'exploser. Elle dit, arrêtez, je ne peux pas continuer à vous écouter. En classe, vous les profs, êtes super autoritaires et ne supportez pas les élèves qui sortent du cadre, mais au-dehors, vous détestez les règles. Vous êtes de droite à l'intérieur de l'école et de gauche à l'extérieur. Déso, on dirait bien que vous êtes schizo.

J'éclate de rire et Claire m'envoie un baiser. Elle a formé un cœur de ses mains aux ongles vernis et je ne peux m'empêcher de rougir.

Claire a fait son coming out l'an passé. Elle a dit, en ce moment je suis amoureuse de Kenza, mais ça pourrait être de Martin ou Benoît. Je ne sais pas si vous savez, pour notre sexualité. On a envie de tout essayer. La plupart des filles aujourd'hui explorent leur possible homosexualité. C'est l'un des rares bénéfices des réseaux. On voit des couples de meufs stylées sur Insta, du coup on s'autorise à s'aventurer. Nous ne sommes pas comme vous, nous ne sommes pas figés. Je ne me suis pas encore laissée tenter mais ça ne saurait tarder. Pour l'instant, seul Théo accapare mes pensées. Il me rejoindra vendredi prochain à Sète, dans la soirée.

Pendant toute la semaine, j'ai travaillé en prévision des contrôles de la rentrée. En fin de journée, je vais me baigner. Le temps est magnifique. On dirait que l'été ne veut pas se terminer. J'aperçois les trois filles du mois dernier, leur peau encore gavée de soleil, leurs reins cambrés et leurs culs chaloupants. Je les regarde pénétrer dans l'eau tiède d'un air nonchalant, nager lentement pour rejoindre un gadjo et l'encercler. Leurs corps ondulants forment une ellipse. Seules émergent de la mer lisse leurs épaules lustrées semblables à des brugnons. Soudain elles se jettent sur le garçon, pressent leurs mains dorées sur sa tête et le font couler. Il ne réapparaît pas et elles rient aux éclats, leurs dents comme des coquillages plats. Ça me donne encore plus envie de voir mon mec à moi.

Théo est arrivé. Il ne quitte ni son bob ni sa banane en bandoulière, même pour le petit déjeuner, ce qui agace mon padre. En plus Théo dit, vas-y, tous les trois mots et aussi, wesh ça va ou quoi, au lieu de, bonjour comment allez-vous. De quoi rendre fou Cyril qui se moque, c'est ridicule d'être fasciné par les quartiers alors qu'on n'y a jamais mis les pieds, c'est facile de jouer au caïd quand on habite rue Lepic, quand on sait à la fois parler chic et parler familier. Théo, puisque tu les admires tant, pourquoi n'échanges-tu pas ta place avec l'un de ces gamins des cités ? Je suis sûr qu'on pourrait en trouver un qui serait ravi de s'installer dans ton hôtel particulier.

Dès que mon mec ouvre la bouche, mon père lui enjoint de la fermer. Il le juge indigne de moi et de notre famille. Un petit branleur sans intérêt, sans ambition, sans colonne vertébrale. La marche martiale des mots de Cyril écrase Théo. Pour le consoler, j'accepte, enfin, de baiser.

J'ai allumé des bougies. J'ai mis de la musique. J'ai longtemps hésité. Quel serait le morceau le plus approprié pour mon couple ? Finalement, j'ai opté pour *Espoir adapté* de Grand Corps Malade, en boucle.

Afin de détendre l'atmosphère, je demande à Théo s'il a l'intention de garder son bob, mais ma blague tombe à plat. Son visage ne bouge pas. Il est tellement stressé qu'il m'effraie. Pour me rassurer, je me parle à moi-même. Je me dis, t'as presque dix-sept ans, t'as quand même attendu hyper longtemps, faut y aller maintenant, et c'est là qu'il me demande de le sucer.

La majorité des garçons de notre classe sont encore puceaux, leurs yeux constamment branchés sur le porno. Du coup, quand une fille accepte d'y passer, le mec se sent pousser des ailes. En général, la fille se braque et le fait passer en correctionnelle. Mais parfois elle n'ose pas refuser. Malgré le mouvement *#MeToo* nous restons opprimées, trop jeunes pour revendiquer notre liberté, trop gênées, trop peur d'être jugées. Cela s'en ressent sur notre pilosité. Aujourd'hui, des filles à peine pubères réclament le maillot intégral à leurs mères. Pauvres daronnes larguées dépassées.

Donc, je ne sais pas trop comment m'y prendre. J'ai peur de mal faire. Et puis je me souviens de ce que Rose m'a raconté, une de ses amies allergique au sperme, la gorge gonflée, la fille a failli étouffer.

Je dois avouer que cette excroissance de chair molle me dégoûte un peu. J'ai l'impression d'être à l'extérieur de mon corps et de me regarder. Ce n'est pas beau à voir. J'ai peur de le mordre. Grâce à l'orthodontie, ma mâchoire a pris la forme d'une scie. Mes dents sont en ordre, alignées et ciselées. Je pourrais couper sa queue d'un coup sec si j'en avais envie.

Théo grogne et enfonce ma tête plus en avant sur son sexe. Ce n'est pas très agréable mais au moins ça veut dire que ça fonctionne. D'ailleurs son membre s'est raidi et a pris la forme d'une petite colonne. Il est à fond, obsédé par le plaisir que je lui donne. Merci YouPorn.

Le moment est venu de dérouler la capote, ce qu'il fait avec tant de dextérité que je comprends qu'il a dû s'entraîner. Il écarte mes jambes d'un coup sec et plonge en moi. Enfin, il essaie, parce que le moins qu'on puisse dire c'est que c'est raté. Dès qu'il s'est approché son sexe s'est ratatiné, comme un coquillage apeuré, comme si j'étais une plante carnivore et que j'allais le dévorer.

Plus tard, Théo décrète d'une voix blanche que la capote l'empêche de bander. Pour pouvoir baiser, il va falloir y renoncer. Il m'explique que c'est commun, ça arrive à tous ses copains. Plus tard, j'apprendrai qu'il n'en est rien.

Il est si vénère qu'il sort prendre l'air. Juste avant de quitter la pièce, il me balance, j'suis vraiment déçu par l'expérience.

Je ne réponds rien. Je me sens si minable.

Imperturbable, Fabien Marsaud continue de chanter : *On a perdu la première manche mais le même joueur rejoue.*

Une fois encore, la musique me sauve.

Le lendemain matin, Théo prend le train. Il me reste encore quelques jours de vacances pour travailler. Je n'ai pas du tout envie de rentrer.

La veille de partir, je vais faire un tour au cimetière marin. L'air y est encore plus parfumé que d'habitude : les gens viennent de déposer sur les tombes leurs bouquets de la Toussaint. Je goûte sa quiétude, son climat saturnien. J'écoute le murmure du vent qui frôle les pins et rebondit sur les anciennes carrières de pierre. J'écoute ce chant fondu. Il me plaît de penser qu'un cimetière opère comme la chambre d'écho des disparus.

8

François, janvier 2019

« *Au cimetière des rêves gisent nos espoirs de chacals* »
— Nekfeu, « Takotsubo » —

Cyril Blanchard représentait aux yeux de François le condensé de l'amitié. Les deux garçons s'étaient rencontrés au lycée-collège Armand Fallières, à Paris. Voisins de table dès la première heure en sixième, ils avaient commencé par s'amuser du contraste physique que leur duo offrait au regard. Grand, blond, peau mate, cheveux courts et bouclés, yeux bleus pour l'un. Petit, brun, peau claire, grains de beauté, cheveux longs et raides, yeux noirs pour l'autre. Leur amitié était née ce jour-là, quand ils avaient découvert que leurs sacs à dos de marque identique contenaient les mêmes albums de bande dessinée, les deux tomes du *Mystère de la Grande Pyramide*, de la série Blake et Mortimer, et qu'ils partageaient le goût de la peur, de l'émerveillement, de l'étrangeté, du surnaturel. L'accord parfait. À la suite de quoi ils convinrent de se nommer par leurs noms de famille respectifs, Blanchard et Hanner, à l'instar de leurs héros de papier. En trente-cinq ans, ils n'avaient jamais dérogé à cette règle.

Blanchard et Hanner se voulaient « de vrais mecs, by Jove ». De même que les femmes sont absentes de l'œuvre d'Edgar P. Jacobs, ce qui, avec le recul, paraît effrayant à François, aucune fille n'était autorisée à inscrire la moindre note dans la partition qu'ils écrivaient à deux, lui et Cyril, un morceau paisible et halluciné, une construction cosmique. Ils étaient les deux faces d'une même entité. Chaque jour, leur amitié se renouvelait, tel un réservoir d'eau de pluie. Peut-être étaient-ils un peu amoureux l'un de l'autre, à cet âge-là les états ne sont pas stables, les sentiments à la fois troubles et limpides.

La beauté préraphaélite de Blanchard leur assurait un afflux constant de conquêtes féminines. « Ouf, et maintenant, une bonne pipe ! » s'esclaffait Cyril, reprenant à son compte l'une des saillies inoubliables de Mortimer en Égypte.

Il y en avait assez pour deux. Les jeunes filles éconduites par Blanchard se consolaient auprès de François. C'était si facile de jouer au confident, sourire volontairement timide et tête douloureusement penchée sur le côté, de les écouter regretter la peau veloutée, les yeux aux coins légèrement tombants, si émouvants de Cyril, de les entendre réciter les poèmes, chanter les chansons, dérouler les cassettes audio qu'elles avaient écrits, composés, enregistrés pour Cyril, si commode de les complimenter malgré leur effarante mièvrerie. Les jeunes filles éperdues trouvaient en lui une telle qualité d'écoute qu'elles finissaient, reconnaissantes, par se laisser enlacer et caresser. Il les emmenait au jardin du Luxembourg. Là, allongées sur l'herbe à l'ombre des platanes, tout près de la fontaine Médicis, dans le vent frais et le parfum des fougères, drapées de lierre, elles fermaient les yeux, et c'était comme si elles embrassaient à nouveau Cyril, par son truchement. Tel le bassin de la fontaine dont la forme donne l'illusion d'un plan d'eau incliné, Hanner se métamorphosait en Blanchard par un effet d'optique.

Si quelqu'un lui avait reproché de profiter de la situation, il s'en serait étonné, sincèrement persuadé qu'il s'agissait d'un échange de procédés tout à fait respectable. D'autant qu'il payait tout aux filles et à Cyril, cafés, bières, hamburgers, tickets de concert. Notoirement radin, Blanchard n'avait jamais d'argent dans ses poches. Au lycée, on l'appelait « la pince ».

De toute façon, François ne restait pas longtemps le succédané de Cyril, car il parvenait, lui, à établir une vraie complicité avec les filles, alors que les histoires amoureuses de son ami ne dépassaient jamais le stade du rapport sexuel.

C'était peut-être à cette période de sa vie qu'il avait développé un certain sens de la compréhension des êtres humains et en particulier des femmes. En y repensant, il s'étonne de son assurance à l'époque, de son impudence. En ce temps-là, personne ne le qualifiait d'ascète, ou de froid, ou de sérieux. Est-ce donc cela, devenir adulte, le fait de passer d'un état physique à un autre, une condensation, une congélation ?

Blanchard et Hanner possédaient chacun un style très différent. Cyril ne quittait pas sa combinaison de jean étriquée et son bandana rouge noué autour du cou, tandis que François se vêtait exclusivement de noir, pantalon, pull et long manteau en cuir. L'amour de la musique les unissait, et aussi le refus catégorique de leurs pères de les laisser transformer leur passion en métier. Au moment où ils entrèrent en terminale C, Daniel Hanner avait réussi à convaincre François de renoncer à ce qu'il appelait « le mirage du pianiste professionnel », mais Cyril refusait, lui, d'abandonner son projet de carrière dans la musique électro, malgré la volonté féroce de Jean-Claude Blanchard de faire de lui un ingénieur plutôt que, « dans le meilleur des cas, un électricien, au pire un voyou, un drogué », en dépit des excellents résultats scolaires qu'il obtenait « sans en foutre une ». Cyril aurait peut-être accepté de concevoir des machines à condition qu'elles produisent du son. Il avait découvert l'électro en écoutant l'album *Computer World* de Kraftwerk, unique motif de son choix de l'option allemand au bac. Grâce à sa boîte à rythme Roland TB 303, offerte par sa grand-mère, il bricolait d'étranges morceaux planants, suites d'ondulations synthétiques que François accompagnait au moyen de son propre clavier Yamaha Portatone, sur lequel il plaquait des accords que tous deux, avec une folle prétention, déclaraient « incantatoires ».

Blanchard habitait près du lycée Fallières, au premier étage d'un immeuble haussmannien du boulevard Raspail, un appartement sinistre au parfum de cire froide, composé d'un immense couloir tapissé d'une moquette psychédélique, distribuant de part et d'autre une série de petites pièces rectangulaires identiques, comme dans un hôpital ou une prison. L'effet d'angoisse que l'appartement produisait se trouvait amplifié par l'avant-dernière porte du corridor, que François n'avait jamais vue autrement que fermée, derrière laquelle vivait, recluse, la grand-mère presque centenaire de Cyril, née à Sète. Confondant Sète et Brest, François se représentait la vieille dame grande et maigre, le visage blanc ridé en forme de gavotte, vêtue d'un costume noir traditionnel et d'une coiffe blanche. L'appartement était le sien, son fils Jean-Claude y était né et ne l'avait jamais quitté, ce qui, selon François, constituait un début d'explication aux nombreux tics qui déformaient le visage du père de Blanchard. Rien n'avait bougé, on y trouvait encore la commode Empire, la collection de fruits exotiques en verre, les natures mortes et la grande scène de chasse à courre du XIXe, le mécanisme de chasse d'eau à chaînette, la gazinière à bonbonne, la baignoire sabot. La seule concession aux années 1970 et à sa bru avait été la pose de cette effarante moquette à losanges orange et violets.

Jamais aucun bruit, aucun signe de vie ne s'échappait de la chambre de la grand-mère. Quand François, mû par un besoin pressant, n'avait d'autre choix que de passer devant la porte close, il se bouchait les oreilles et galopait jusqu'aux toilettes, où il n'osait pas tirer la chaîne. À force de relire *Le Mystère de la Grande Pyramide*, il s'était persuadé que la grand-mère de Cyril était décédée et avait été embaumée et que, s'il entrait dans sa chambre, ce serait pour trouver une momie allongée dans un déluge de dentelles bretonnes. Jusqu'à ce qu'il demande, l'air de rien, à Blanchard si leur musique ne dérangeait pas sa grand-mère. « Tu rigoles, elle adore, c'est même grâce à elle que j'ai le droit de faire du bruit, en plus elle est sourde comme un pot, donc elle me demande toujours de mettre plus fort, ça rend dingue mon père. »

Tous les soirs, à la sortie de l'école, Blanchard et Hanner se précipitaient dans l'appartement du boulevard Raspail pour recouvrir les fenêtres de la chambre de Cyril de papier aluminium, brancher les deux gyrophares prêtés par un copain de classe dont le père était commissaire de police et se mettre à leurs instruments. Un écho synthétique emplissait la pièce, méthodiquement rythmé par l'acoustique aiguë du clavier. Une fois les deux garçons plongés dans le halo gazeux d'une mélopée entêtante, la chambre se transformait en cabine de navette spatiale, chacun aux commandes de son rêve, sous hypnose et malabar en bouche. C'était leur endroit sécurisé, leur pièce à pression négative.

En début d'année de terminale, Cyril entreprit seul la composition d'une ode technologique à Blake et Mortimer, une mise en musique du cinquième album, *SOS Météores*, qu'il voulait à la fois acide, mélancolique et inquiétante. Pour rendre compte des changements climatiques à l'œuvre dans la bande dessinée, dit-il, il lui fallait du souffle, mélanger craquements, crissements, riffs de basse et motifs hypnotiques, marcher dans les pas de Jeff Mills. Blanchard était si obsédé par sa musique qu'il séchait le lycée et restait enfermé dans sa chambre à modeler des sons, à recycler, à assembler les échantillons samplés de disques vinyles importés des États-Unis. Il s'agissait d'une entreprise pareille, selon lui, à l'élévation d'une église, un travail sur l'espace et les volumes, la construction d'une suite d'arcatures. François commençait à éprouver la conviction que Blanchard irait jusqu'au bout, qu'il réussirait à tenir tête à son père. Il en tirait une satisfaction légèrement teintée d'amertume. Jusqu'à ce jeudi du mois de mars 1989.

Ce jour-là, Cyril devait quitter définitivement l'appartement du boulevard Raspail. Il avait rendez-vous à Londres le lendemain chez Red Productions, un jeune label de musique électro, entretien qu'il essayait d'obtenir depuis des mois. Sa grand-mère lui offrait le voyage. Avant de partir, il alla tout de même se poster devant son père, le corps tendu dans sa combinaison moulante pour l'informer que sa vie était sur le point de changer. C'était décidé, il ne passerait pas le bac, il n'irait pas en prépa, il ne suivrait pas la voie de son grand-père, de son père et de sa sœur aînée, Sophie, reçue à l'École des mines l'année précédente, désolé, non. Il avait failli ajouter « by Jove », mais s'était retenu au dernier moment.

« C'est ton choix, mais sache que je ne serai pas derrière toi. Tu te donnes un style avec ton bleu de travail, tu joues un personnage, très bien, mais ce n'est pas la vraie vie. Tu n'es plus un enfant. Tu voudrais continuer à agir comme tel, tu cherches à me décevoir, tu en tireras les conséquences. Arrêter tes études, c'est ce que tu peux me faire de pire. »

Encore aujourd'hui, François ignore si Cyril a traversé la Manche ce soir-là, s'il a jamais rencontré les D.J. de Red Productions. En tout cas, le surlendemain, il était de retour au lycée. Trois mois plus tard, il obtenait son bac C mention bien et était admis en prépa Math Sup. Deux ans après, il intégrait Centrale Paris. Si on lui demandait ce qu'il en pense, au fond, François répondrait qu'il est à peu près certain que Blanchard avait été pris de peur au moment de se jeter dans le vide et qu'il avait reculé. C'est aussi cela, grandir, accepter de rester au bord de l'escarpement et tâcher de s'en contenter, lâcher la télécommande, arrêter de rêver.

On obtient rarement la vie qu'on aurait voulu avoir, il faut juste trouver le moyen de reprendre le contrôle, d'édifier des remparts à la pression extérieure toujours plus puissante.

Bien des années plus tard, quand ils auraient pris des chemins bien éloignés de l'électro, les deux garçons reconnaîtraient dans le duo parisien Air et leur *Moon Safari* quelques sons de la période interstellaire de Blanchard. L'envie et l'aigreur consumeraient la fin de sa jeunesse.

Pendant leurs années d'étude, Blanchard et Hanner se virent peu, il y avait trop de formules à apprendre, trop de chiffres à retenir. Puis Cyril obtint son diplôme et son premier emploi chez France Télécom, tandis que François enchaînait les gardes à l'hôpital. Les années passaient, ils se retrouvaient parfois pour prendre un café, laissant les souvenirs remonter, les traces des moments vécus apparaître et avec elles un goût de malabar mâché. Comme du temps de l'enfance, c'était François qui réglait les consommations. Ils n'avaient finalement plus grand-chose à se dire maintenant que la musique n'était plus au centre de leur monde. Seul Hanner continuait de la pratiquer, Blanchard ne faisait plus qu'en écouter. La vie s'était écoulée, creusant un fossé entre eux. S'ils s'étaient rencontrés aujourd'hui, nul doute qu'ils n'auraient tressé aucun lien d'amitié. Malgré cela François continuait, chaque année, d'aller passer le second week-end du mois de janvier dans la maison familiale des Blanchard à Sète, pour l'anniversaire de Cyril. Un témoignage, un hommage rendu à leur enfance.

C'était là-bas qu'il avait assisté à son mariage avec Mélanie.

Il se souvenait encore de l'étonnement qu'il avait ressenti en découvrant cette grande jeune fille costaude et timide, engoncée dans une robe trop brillante, de son air de funambule. Il se rappelait le malaise éprouvé lors du discours du père de Mélanie, opticien à Melun, visiblement soulagé de l'avoir casée, qui plus est chez des bourgeois parisiens. Et puis, au milieu du dîner, Mélanie s'était levée pour jouer de l'alto. Debout, campée au milieu de la pièce, elle avait placé la tête de son instrument au creux de son cou, son corps tout près du cœur, tel un enfant qu'on berce, et s'était mise à jouer *Asturias* d'Isaac Albéniz, un morceau extrêmement rapide, habituellement interprété au piano ou à la guitare. Alors son corps un peu lourd était devenu gracieux, ses gestes précis et aériens. Sa robe tournoyait telle une cape, son archet fendait l'air et les sons de l'alto transperçaient la chair des invités. Par moments, elle penchait violemment son buste en avant comme pour rattraper un bout de musique qu'elle lançait vers le ciel. L'ombre de la baguette en mouvement jetait des flammes noires sur son visage illuminé. Quand commença la partie plus lente, elle ferma les yeux. Les sons se muèrent en fils de soie flottant entre les convives, puis le vibrato reprit de plus belle, et les fils s'embrasèrent. Après qu'elle eut terminé, alors que tous applaudissaient bruyamment, François comprit en observant le visage transfiguré de Cyril qu'il avait décidé de combattre sa frustration en épousant une musicienne.

Pourquoi le choix de ce morceau joué par Mélanie, une solea andalouse aux structures flamencas, sans lien apparent avec ses origines melunaises ou celles, sétoises, de son nouvel époux ? Aujourd'hui, alors qu'il regarde par la fenêtre de son salon le soir tomber sur son petit jardin de Noisy-le-Roi en repensant à la journée qui vient de s'achever, le début de l'audience, son arrêt brutal, son report au mois prochain, François prend conscience qu'avec cette musique-là, la femme de Cyril avait cherché à exprimer une solitude abyssale, un vide que Blanchard ne réussirait jamais à combler.

9

François, janvier 2019

« Quelques frissons à répétition »
— Damso, « Je nous mens » —

Comme chaque mercredi, la salle de coronarographie est prête. Une pièce blanche et brillante au deuxième sous-sol de l'hôpital Rémilly, emplie de machines allumées émettant chacune un bruit différent. Martèlement de signaux, concert de pulsations rythmiques. Il y fait un froid intense. Une odeur métallique, légèrement médicamenteuse, flotte dans l'air.

Au centre, sous l'énorme appareil de radiologie qui ressemble à un cocon, une femme est allongée sur la table stérile, encerclée de tuyaux reliés à un écran-matrice que dans quelques minutes François ne quittera plus des yeux. Un champ opératoire bleu recouvre son corps et un masque chirurgical, également bleu, son visage. Seuls émergent une touffe de cheveux grisâtres, un regard terreux et l'envers d'un poignet à la peau jaunie d'antiseptique que le cardiologue interventionnel s'apprête à piquer.

La patiente a soixante ans et pèse quatre-vingt-douze kilos pour un mètre cinquante. Elle est diabétique et a déjà subi trois interventions au cours desquelles on lui a posé plusieurs stents. Depuis quelques semaines, elle souffre de douleurs à la poitrine. François s'apprête à vérifier les dispositifs en place, et pour cela, il lui faut examiner les artères tortueuses de la malade, une à une, comme on explore les ruelles étroites d'un village médiéval.

Pendant qu'il termine d'enfiler son équipement, gants en latex, charlotte, masque, tablier de plomb, les infirmiers spécialisés s'activent. Deux jeunes hommes efficaces qui travaillent en binôme depuis des années et que François connaît bien. Comme d'habitude, ils échangent quelques plaisanteries entrecoupées de termes techniques avant l'intervention. C'est leur façon à eux de faire baisser la pression. Seul François peut les entendre.

« Vous avez vu l'imagerie, elle est équipée sport, celle-là !

– Déjà un stent dans le tronc commun, et quand le tronc tombe, c'est tout l'arbre qui tombe !

– Comment est la diagonale ? Vu le nombre d'interventions, on pourrait faire un geste commercial.

– Elle aurait dû attendre les soldes ! »

Le cardiologue s'avance vers la patiente, ses mains gantées en l'air.

« Alors madame Chiron, le docteur Géraut vous renvoie à nous, on vous manquait tant que ça ? »

La patiente esquisse un faible sourire, découvrant des petites dents rongées et noircies, des billes de plomb.

Le nombre de femmes dans la patientèle de François a considérablement augmenté avec les années.

Aujourd'hui, les maladies du cœur et des artères représentent la première cause de mortalité féminine. La cardiologie les a tellement délaissées par le passé. On les a prises pour des hystériques, on a posé des diagnostics erronés sur d'authentiques maladies coronariennes qu'on ne savait pas caractériser chez la femme. Les signes avant-coureurs de l'infarctus diffèrent de ceux chez l'homme : une douleur dans la poitrine ou dans l'épaule, un essoufflement, des palpitations lors d'un effort, une fatigabilité qu'on a longtemps crus liés au stress ou au surmenage, mais que les nouvelles technologies permettent d'identifier. La technique fait du cardiologue un enquêteur, répète François à ses patientes. En cas de soupçon, le premier indice est donné par l'ECG. Si celui-ci prend des allures de Saint-Saëns, le doute s'installe. Deuxième indice, l'échographie. Qu'elle montre des séquelles sur le tissu cardiaque, et le diagnostic se renforce. Troisième indice, la coronarographie, qui confirme l'atteinte coronaire. Mais imaginons que l'examen révèle des artères normales, il faut encore continuer à investiguer. Sous ses airs d'horloge mécanique, seul muscle qui fonctionne de manière automatique, travaille jour et nuit sans aucun repos, le cœur se révèle être un organe compliqué, mélange de force et de sensibilité. On n'a pas besoin de lui demander de battre pour qu'il le fasse, pas besoin d'y penser même, mais qu'il se dérègle, et plus rien ne fonctionne. Exactement comme lui, François.

Pour le moment, au début de l'intervention, tout est normal. Le cardiologue se sent à sa place, et surtout, à l'abri. C'est peut-être la dernière fois qu'il pratique une coronarographie puisque mercredi prochain, l'audience reprendra et que la salle d'opération n'est pas réservée à son nom, se rappelle-t-il, avant de se forcer à détourner son attention du procès à venir. Il va essayer d'en profiter.

Il se tourne vers le personnel soignant posté derrière les écrans de la salle de contrôle et donne le signal. Un morceau de musique s'élève. Le début des *Concerti Grossi Opus 6* de Haendel, œuvre chatoyante. Une rivière souple et fraîche piquée de pointes lumineuses.

Il faudrait se questionner, se dit-il souvent, sur les liens que tissent nombre de ses collègues entre médecine et musique. Beaucoup d'entre eux jouent d'un instrument, beaucoup sont mélomanes. Est-ce parce que les deux pratiques demandent la même précision, la même technicité, le même entraînement, une répétition variée, jamais achevée ? Il faudrait s'interroger sur le vocabulaire commun à la cardiologie et à la musique : instrument, organe, technique, cavité, conduction, rythme, corps, battement, tonique, syncope... Peut-être qu'on pénètre dans la musique comme on pénètre dans un cœur, qu'on y trouve quelque chose d'à la fois vivant et impalpable, énergique et spontané, un morceau de monde enveloppé d'un nuage tiède. Entre le cœur et la musique se joue quelque chose d'essentiel, d'invincible, quelque chose qui a trait au flux et au reflux, au vide et au plein.

Avec un léger claquement, François arrache le guide de son enveloppe, un long fil, comme un orvet, et l'insère dans le cathéter posé au poignet de la patiente. D'un geste déterminé que les années ont affermi, il conduit la sonde dans le bras, la fait glisser le long de l'épaule, sous la clavicule, jusqu'à l'embouchure de l'artère coronaire gauche. Il injecte l'iode, révélateur de contrastes. En noir et blanc, sur le grand écran, les ramifications des vaisseaux se dessinent. C'est comme si une araignée géante avait tissé sa toile autour du cœur de la patiente, comme si un pêcheur le tenait au creux de son immense filet. L'image qui s'affiche évoque tour à tour une photo d'art contemporain, une couronne d'épines, les racines d'un arbre millénaire, les lacets de routes de montagne, les nœuds de cordes marines, les broussailles d'une forêt, l'écheveau des algues dans une mer agitée, un corps de femme, un petit bonhomme pendu.

Ce n'est évidemment pas ce qu'y voient les hommes derrière l'écran. Tous cherchent les traces de sténose, autrement dit de rétrécissement.

« Resténose du tronc commun et lésion diagonale ostiale », annonce soudain François.

Il vient d'observer un défaut dans le tronc commun, qui correspond à la naissance de l'artère coronaire gauche. Celle qui alimente les deux tiers du muscle cardiaque, qu'on appelle en jargon cardiovasculaire « une zone compliquée ». Le stent déjà posé dans le tronc ne recouvre pas l'entrée de l'artère : elle s'est rétrécie à nouveau. Il va devoir en poser un autre, avec les moyens du bord, comme un navigateur répare son bateau en mer.

« Je lui file un coup de ballon.

– Fais attention, il y a une superposition, une branche derrière.

– Ballon 3.5.20.

– C'est bon, j'ai fait l'injection dans le tronc.

– Tu peux le monter à 4.5, même 5. »

Le corps entier de François est traversé d'une tension magnifique, une énergie qui circule et se déverse au bout de ses doigts.

Le voici soliste et la coronarographie sonate. Il alterne les mouvements vifs – ponction, injection, déploiement du ballon –, et les mouvements lents – passage du guide, positionnement du stent.

Subitement, la respiration de Mme Chiron se modifie. De silencieuse, elle devient laborieuse, bruyante, lente, inefficace. Sa bouche s'ouvre grand quelques secondes, puis se referme en gargouillant, un animal aquatique tétant l'air à la surface de l'eau. Ses yeux palpitent de terreur. Le temps pour François de reconnaître les gasps, ces mouvements respiratoires agoniques annonciateurs de l'arrêt cardiaque, les paupières de la patiente se ferment. Son cœur ne s'arrête pas, à proprement parler, mais bat de façon désordonnée sans parvenir à pomper le sang. Il ne se contracte plus : il tremble.

Les machines se sont emballées, tandis que la musique de Haendel continue de s'élever, stable et indifférente, forte, très forte. Trop. En complète dissonance avec le cœur désynchronisé de la patiente.

C'est la fin du *Concerto 2*. Le morceau s'achève sur une double fugue. Quelle ironie, car c'est peut-être sa vie professionnelle qui va se terminer ainsi, par la fuite du cœur de Mme Chiron et sa propre disparition, puisqu'il est probable qu'il ne remettra pas les pieds de sitôt en salle d'opération.

Pour l'incident opératoire en cours, il sait ce qu'il a à faire. Des années de pratique ont aiguisé ses réflexes. En un éclair il a posé la sonde et s'est écarté de la table. Les deux infirmiers s'avancent pour placer les électrodes sur la poitrine de la patiente.

Dans la salle de contrôle, quelqu'un pense à arrêter la musique. Désormais, on n'entend plus que les cliquetis des machines, les consignes du cardiologue et les respirations saccadées des trois hommes. François donne l'ordre d'enclencher le défibrillateur. Le choc est délivré. Le courant électrique traverse le cœur. Le corps de Mme Chiron se soulève brutalement puis retombe, le temps d'un roulement de vague. Quelques secondes s'écoulent, puis le signal de l'ECG résonne, témoignant du rythme normal que le muscle a retrouvé.

François se dépêche de terminer l'angioplastie. Tous, infirmiers, soignants, sont suspendus aux arabesques que tracent dans le vide ses doigts de pianiste. Les artères de la patiente sont plus calcifiées que ce qu'il pressentait, une gangue d'os, et il aurait besoin de recourir à une petite fraise pour les désobstruer, mais il va se débrouiller sans.

François joue sa cadence. Il déploie tout son talent. Ses gestes semblent rapides et saccadés alors qu'ils sont extrêmement minutieux. En cardiologie interventionnelle, tout est une question de réflexe, d'habileté, d'entraînement, comme en musique. Chacun de ses mouvements se doit d'être au millimètre près, comme à l'alto, bien plus qu'au piano, parce qu'il n'a pas beaucoup d'espace. Il lâche le ballonnet qui soutient le stent. Enfin, il retire le guide et appuie fortement quelques instants sur le poignet de Mme Chiron : la trille.

L'intervention est finie. La patiente rouvre les yeux, avec un regard trouble.

Elle a eu de la chance, songe François, qu'il soit rompu à ce type de complications. Il a été très bien formé. Les Français maîtrisent parfaitement l'art de la coronarographie. Ils sont très compétents dans le domaine du cœur, beaucoup moins dans celui du cerveau. François le regrette. On devrait pouvoir utiliser leur savoir-faire coronaire pour les AVC. Dans les deux cas, c'est une artère qui se bouche. Certes, le cerveau est gélatineux, telle une méduse, plus fragile que le cœur. Le cœur est un animal solide. Tout de même, il doit bien y avoir des passerelles à imaginer et à créer. François se souvient de la faible estime dans laquelle son père tenait les neurologues. « Ils font des diagnostics sublimes, mais pour ce qui est de la thérapeutique, ils sont paumés. Ils n'arrivent pas à soigner les gens. »

Le souvenir du docteur Hanner monte brusquement en lui, et François vacille. Il décide d'aller prendre une tasse de café chaud, et peut-être un de ces beignets exagérément sucrés qu'il s'autorise de temps en temps, après une intervention délicate.

Au détour du couloir, il aperçoit Denis, dont ce n'est pourtant pas le jour à Rémilly. Il le hèle, le rattrape. Son associé semble étonné de le voir, presque mal à l'aise.

« Tu n'es pas à ton audience ?

– C'est mercredi prochain, et toi tu n'es pas au cabinet ?

– Ma coro a été déplacée, d'ailleurs je suis en retard, bonne chance pour demain. »

François lève son gobelet en signe d'espoir, ou de résignation, il ne sait pas très bien, avant de se diriger vers la salle informatique.

C'est peut-être l'une des dernières fois qu'il aura à coder une intervention sur le serveur de l'hôpital. Voilà une tâche administrative qu'il ne va pas regretter. Mais s'il oublie de le faire, il n'est pas rémunéré et Rémilly non plus, car le système repose sur la tarification à l'acte. Une pratique perverse qui, François l'a observé, conduit certains médecins moins scrupuleux à dilater des artères quasi saines. Les coronarographies sont des interventions très onéreuses.

Depuis quelques mois, son activité d'attaché hospitalier s'est ralentie. Sa clientèle s'effrite. Il a eu droit la semaine passée à une remarque de son chef de service. « François, je t'aime bien mais si tu n'as pas plus de monde le mercredi, on ne va pas pouvoir te garder la salle de coro toute la journée. »

Une grande partie de ses patients lui sont envoyés par ses correspondants, médecins généralistes ou cardiologues de ville, tels les docteurs Géraut et Sire, installés à Versailles. Le procès accaparant toute son attention, il ne s'est pas encore penché sur la question, mais s'il y réfléchissait, il remarquerait que Renaud Sire, l'associé de Gabrielle Géraut, ne lui envoie plus personne depuis trois mois, et s'en inquiéterait.

De même, s'il prenait la peine de regarder sur Google les commentaires négatifs que des soi-disant patients lui ont laissés ces dernières semaines, c'est son propre cœur qui se soulèverait, c'est son propre cœur qui fuguerait.

10

Roxane, novembre 2017

« J'suis détestable : j'suis l'autoportrait de la planète »
— Columbine, « Adieu bientôt » —

Je me réveille à sept heures le mardi 7 novembre et quelque chose me gratte sur le front. Je pense, ce n'est rien, une piqûre de moustique, mais dans la salle de bains je découvre le bouton. Une bille sous la peau, un furoncle, une excroissance rouge chaude immonde. Comme si j'avais reçu en pleine tête une balle de plomb, la pierre d'une fronde, le grelot d'un moulin à prière. Je pense un instant à me couper une frange, mais ce serait pour le moins étrange, et j'ai peur de me rater, de mettre en valeur mon gros nez.

Au petit déjeuner, ma mère ne peut détacher son regard de mon front. Elle me parle en regardant mon bouton, mais sans le mentionner et c'est encore pire. Pour la punir je ne mange rien et je monte dans la salle de bains. Là, je me mets à le triturer, je le perce, je le gratte, je ne fais que l'empirer, pourtant je ne peux m'en empêcher. C'est douloureux mais ça me fait du bien de me faire du mal. J'ai besoin d'être méchante avec quelqu'un et ce quelqu'un c'est moi. Tout le monde va me trouver dégueulasse et ils auront bien raison. Un dernier coup d'œil au miroir, sur ma peau abîmée crie une bouche ouverte, un petit animal blessé.

J'ai besoin d'un punching-ball. Je retourne dans la cuisine et me plante devant Mélanie. Et bien sûr, elle ne se contrôle pas. Qu'est-ce que tu as fait ? Je lui réponds, faut que t'arrêtes de me parler comme ça, tu ne sers vraiment à rien, quoi. Elle est effrayée.

Toute la journée, je suis agacée. Par Rose qui ne dit jamais ce qu'elle pense dès qu'un garçon entre dans son champ de vision. Meuf, soit tu ne sais pas ce que t'as dans la tête, soit tu n'assumes pas. Par Lyna, qui se frotte à tous les mecs de la classe, caresse leurs cheveux et déclenche leurs phéromones. Avec ma tête de licorne, je ne risque pas d'exciter qui que ce soit.

Bien sûr, je garde mon ressentiment pour moi. On a toutes les mêmes soucis, on veut toutes être jolies, de l'attention et le creux entre les cuisses, communiquer notre narcissisme et le déployer. Les réseaux sociaux sont tissés pour qu'on s'y glisse et qu'on s'y perde, telles les proies d'une araignée. Un seul but, se faire liker. C'est illusoire de croire qu'on peut échapper à cette débilité, résister à ce plateau de sucreries. On n'a pas d'autre choix que de fabriquer et protéger la beauté de sa propre vie, faire en sorte que le miroir d'Instagram ne se brise pas, cœurs baisers commentaires roses. On possède toutes deux comptes, un public pour la mif et un privé pour les BFF, on prend toutes des poses.

Au tout début de l'année, un garçon de première S3 a créé un groupe Insta. Ambiance bon enfant, il mixait les garçons et les filles et faisait voter pour le couple le plus stylé. Les choses ont dégénéré quand il a transformé le compte en concours de beauté, accolant Virginie, la plus jolie, à Pauline, la moins fine, nous proposant de voter. On pouvait cliquer et voir les pourcentages. Virginie a obtenu 99 %, dommage. La classe entière jasait. Dans les couloirs, avec Rose et Lyna, on a collé des panneaux, LE HARCÈLEMENT TUE. Le lendemain Pauline n'est pas venue. Le garçon a arrêté.

En classe, tout le monde me regarde en coin mais ne dit rien. J'ai envie de hurler. Finalement, Ferdinand rit bêtement, ouh là, mon reuf, c'est quoi ce bête de volcan en éruption sur ton front ? D'une certaine manière, je me sens soulagée. Ferdi, comme je t'aime, toi et ton objectif prépa PC, goal Centrale Marseille pour le soleil.

Le soir, Mélanie se montre anormalement gaie. Elle a rendez-vous, un homme l'emmène dîner. Elle s'est préparée, minijupe, veste en jean, talons hauts, cheveux crantés, rouge à lèvres irisé, le trait forcé. Est-ce pour se donner du courage ou par peur de l'âge ? Bientôt quarante-huit ans, elle y croit encore mais le vêtement ne suffit pas. Quand ma mère se déguise en gamine, ça me mine. Il ne s'agit pas d'envie, non, c'est la honte qui m'envahit. La pauvre est ridicule, il y a même un nouveau mot qui circule, quincado, vous connaissez ?

C'est pourtant vous qui nous répétez qu'il y a un temps pour tout, alors si votre temps est passé, pourquoi ne pas l'accepter ?

Je m'apprête à commenter son apparence mais en un instant elle a connecté son portable à l'ampli et la voix de Pharrell Williams retentit, *Because I'm Happy*. Elle se jette sur moi, m'enlace et me fait tourner.

Contre toute attente, je me laisse porter et c'est comme si j'avais à nouveau six ans. Quelque chose de doux et de pétillant me remplit, une certaine euphorie. Je lâche mon sac, mes cahiers et ma contrariété. J'oublie mon gros bouton enflammé trituré, j'oublie Chareau et le zéro. Il n'y a plus que nous deux, maman et moi qui dansons au milieu du salon.

Mam's je t'aime. Moi pareil, tu es ma merveille.

Quand Mélanie est partie, je décide d'aller courir. Il fait encore jour, encore doux, et je n'ai pas trouvé mieux pour décompresser. Quand je cours, mon corps devient un élastique impossible à casser. Je mets mon casque. Ma liste Deezer se déroule, Roméo Elvis, Vald, Columbine, OrelSan, Gringe, Nekfeu. Je passe la grille du parc des Buttes-Chaumont et je piétine jusqu'au premier pavillon. Je croise deux joggeurs devant Rosa Bonheur, puis je grimpe vers l'île du Belvédère, piton rocheux décor montagneux, mélange d'odeurs amères, d'essences forestières où nichent merles et corbeaux, temple grec et lac jaune, un décor pour *Game of Thrones*. Mais soudain le cliché me déplaît. Je ne veux pas être la meuf qui écoute du rap de iencli en jogguant, cette musique faite par les Blancs pour les Blancs, une sonorité pop, litanie de ruptures amoureuses sous introspection douteuse. Hop, je change de son, je passe au rap américain, *bitch, sit down, be humble*, et je bondis, je crie, je m'y crois moi aussi. Ma foulée s'allonge, mes muscles saillent, mon ventre durcit, et peu à peu je me sens forte à nouveau, un athlète avant le début de la compétition, un agent secret à l'orée de sa mission. Au moment où le son lunaire de PNL éclate, je souris. Je me souviens des paroles de Mélanie, qui sont ces deux abrutis bodybuildés en lunettes de soleil et polos boutonnés, leurs voix si déformées, si autotunées qu'on ne comprend rien à leurs trivialités ? Mélanie, toi non plus tu ne comprends pas quand je parle ! Une joie brute et enfantine me submerge. Je suis heureuse d'être jeune, heureuse d'être en vie. L'autotune de mon cerveau est parfaitement réglé. Je me sens surdimensionnée. C'est drôle, juste au moment où je franchis le pont des Suicidés.

Plus tard, sous la douche, j'écoute Damso à fond, je chante sous l'eau et j'entends Mélanie hurler, baisse le son, tu vas réveiller tout le quartier, quelle idée de se laver à vingt-trois heures passées ! Ma daronne est déjà rentrée. Visiblement avec le type ça n'a pas matché.

Avant de me coucher, je vérifie ma peau. J'ai déjà souffert d'acné par le passé, je connais. Mon bouton dévidé a dégonflé, presque disparu. Avec un peu de chance, demain il n'y paraîtra plus, me dis-je en enroulant mon vieux doudou dans mon cou.

Deux jours plus tard, j'en ai plein les joues, plein partout. Sous mon visage, un magma bouillonne et à la surface, sur ma peau éruptive, des cônes volcaniques. Je suis une grande brûlée, un champ de coquelicots, une tranche de jambon serrano, un clafoutis aux cerises, un bouquet de graminées, l'élytre d'une coccinelle, un morceau de dentelle, de tissu gaufré, de macramé, un plat de spaghettis bolognese, une tartine à la fraise. Je suis sèche et liquide, grasse et purulente. Je suis effrayante, défigurée. Pustules papules furoncles bubons stremon. Ma peau est censée me protéger des agressions, alors pourquoi m'attaque-t-elle au canon ?

La nuit, j'imagine qu'on m'appelle calculette ou manette ou vieille mimolette. En réalité, au lycée personne ne me dévisage ouvertement, bien que j'attrape çà et là quelques coups d'œil compatissants. J'ai disparu des écrans. L'acné est une maladie paradoxale. On nous dit, c'est normal, alors pourquoi les boutons nous font-ils nous sentir moches et surtout sales ? La sanction s'avère immédiate et fatale : l'éjection du réseau dictatorial.

Pourtant, Théo veut toujours de moi. Il faut dire que seul l'intéresse ce qui se passe en bas. On a fait tous les tests, pas de SIDA, pas de MST, alors j'ai accepté de coucher sans capote, du coup j'ai grave la cote. Tout se passe plus ou moins correctement, maintenant. Je baise pour me sentir normale et exister, mais j'ai peur de ne jamais réussir à tomber amoureuse. Je crains qu'il me manque une partie de moi pour être heureuse.

Je dois avouer que faire l'amour ne me déplaît pas toujours. Même s'il ne me comprend pas, même s'il n'a pas envie de me comprendre, Théo m'appelle princesse et sous ses caresses ma peau se polit peu à peu. Dans le noir le ciel se fait bleu. Mais quand le jour se lève la trêve s'achève.

Au début, je m'envoyais des insultes à la figure dans la glace, t'es moche, sale pétasse. Désormais, je ne peux plus supporter mon reflet. J'ai recouvert les miroirs de draps comme si j'étais juive et en deuil. Mélanie proteste, ce n'est pas si terrible que ça. Je réponds, tu te fous de moi et lui demande de m'emmener chez le dermatologue. Elle refuse et épilogue, ce n'est pas grave, pas une vraie maladie, ça va passer tout seul. L'important n'est pas le physique ni l'extérieur, mais le travail et l'intérieur. Tu es trop conditionnée par les réseaux sociaux, obsédée par ton image. À ton âge, j'avais des boutons encore plus gros. Veux-tu que je te montre des photos ?

Je tourne les talons et j'appelle mon père en Facetime. Je le connais bien, alors je commence par parler de tout et de rien et ça ne rate pas. Au bout d'un moment il demande, approche-toi, qu'est-ce que tu as sur les joues, sur le front? Je colle mon visage à la caméra et mon père recule, l'air horrifié : c'est l'effet larsen de l'acné. Je confirme, ce sont des boutons mais maman ne veut pas m'emmener chez le médecin, elle fait exactement comme son père opticien. Cyril se fâche instantanément. Me revient en mémoire l'histoire des poux. Il y a quelques années, mon daron reprochait à ma daronne de faire exprès de ne pas me traiter, afin de le voir en attraper. Cette fois, l'acné ne peut le contaminer mais la laideur ne fait pas partie de son plan de l'enfant parfait.

Cyril serine, tu as tout pour être heureuse, c'est trop dommage. Tout pour être heureuse hormis mon nez, qui soit dit en passant est un inconvénient mais pas une fatalité, puisque pour mes dix-huit ans mon père m'offrira une opération de chirurgie esthétique. Je le cite, n'aimerais-tu pas avoir un nez plus fin, tu serais si belle, on prendrait modèle sur celui de Claire. Preuve qu'il s'agit d'un vrai sujet pour mon daron, pas franchement réputé pour sa générosité.

Donc, il crie dans l'appareil, ta mère ne peut pas te laisser comme ça, elle est folle, folle à lier ! Je m'en occupe, ne t'inquiète pas, elle t'emmènera, je ne lui laisserai pas le choix.

Papa, sais-tu que la peau possède la même matrice que le tissu cérébral ? Ce sont peut-être des mini-cerveaux qui sont en train de me pousser sur le visage, n'es-tu pas fier de moi ? S'il est vrai que la peau délivre des informations sur le monde extérieur, se pourrait-il que mon acné reflète l'altération de votre société ?

Le cabinet médical du dermatologue n'est qu'à quelques centaines de mètres de Sully. Mélanie m'y a donné rendez-vous après les cours, à six heures et demie. Je marche vite pour éviter le regard des passants. J'aimerais être invisible ou avancer masquée de blanc. Le ciel me comprend, car s'y sont formés de longs rubans. Le ciel tout entier semble recouvert de bandelettes de ciment.

Ma mère m'attend, visage figé, dos courbé. Nous grimpons en silence les quatre étages qui nous séparent d'Alain Veil, dermatologue, Ancien Interne des Hôpitaux de Paris, Ancien Chef de Clinique à l'Hôpital Saint-Louis. Nous sommes seules dans la salle d'attente, seules avec la radio qui diffuse Disiz la Peste. Ma mère proteste, s'agite, ils ne pourraient pas baisser la musique ?

Le médecin nous fait entrer dans son cabinet immaculé. C'est un long bonhomme très rouge à l'air pressé, à la respiration saccadée. Joli sourire. Voix douce et articulée.

Il demande ce qui nous amène et Mélanie répond pour moi, Roxane a seize ans et des boutons en veux-tu en voilà, la belle affaire, on est tous passés par là. Agacée, je sors mon téléphone et me mets à pianoter. Ma mère me l'arrache des mains. Mais enfin, je ne t'ai pas élevée comme ça, regarde le docteur et tiens-toi !

Alain Veil me dévisage et m'interroge. Comment vivez-vous cette acné ? Je me marre et je réponds, mal, pourquoi, vous en connaissez qui le vivent bien? Mélanie s'étrangle. Que t'arrive-t-il? Je ne peux pas répondre car je ne me reconnais pas, ce n'est pas du tout mon genre de parler comme ça. D'ailleurs, je m'excuse. Pardon monsieur. Docteur, reprend Mélanie avec déférence. Je garde le silence.

Je vais vous examiner, mademoiselle.

En deuspi je me retrouve à sa merci, allongée sous une lampe aveuglante, le visage enflammé surexposé. Les longues mains gantées d'Alain Veil me frôlent, palpent, appuient, elles me font penser aux ailes d'un oiseau effrayé. Il aurait fallu que vous vous démaquilliez. Je vois que vous les avez touchés. Il murmure pour ne pas que ma mère entende. Vous souffrez d'une acné sévère excoriée, c'est un cercle vicieux, car vous l'entretenez. Je chuchote en retour: c'est que je ne peux pas laisser ça sur moi.

Vous voyez bien docteur, répète Mélanie depuis sa chaise, ce sont des boutons normaux pour une adolescente, d'ailleurs elle en a depuis ses treize ans, c'est la première fois qu'elle demande à voir un médecin, je n'y comprends rien. Sans répondre, Alain Veil continue l'examen. Quand c'est fini, il la rejoint. J'entends bien madame, finit-il par soupirer, mais cette acné-là risque de laisser des cicatrices. Il faudrait peut-être envisager un traitement. Parlons-en ensemble, prenons notre temps.

Pourquoi pas l'homéopathie, vocifère ma mère. Alors vous n'êtes pas au bon endroit, madame. Sachez qu'aucune vraie maladie n'est traitée à l'homéopathie. Mélanie ouvre la bouche pour riposter, opposer qu'elle m'a toujours soignée ainsi, mais le docteur Veil ne la laisse pas polémiquer. Avez-vous remarqué qu'il n'y a pas d'homéopathes dans les hôpitaux ? Je vous demande pardon, mais les malades qui guérissent en avalant des granules auraient guéri de toute façon. L'effet placebo ne fonctionne pas en cas de prolifération de cellules cancéreuses. Sauf circonstances exceptionnelles, surnaturelles, type miracle à Lourdes. Heureusement, et là je vous rejoins, le cas de votre fille n'est pas désespéré à ce point, on ne va pas avoir besoin d'envisager le déplacement…

Vexée à son tour, ma mère se tait un instant. Veil reprend, la méfiance que certaines personnes, dont vous semblez faire partie, madame, entretiennent au sujet de l'allopathie renforce le pouvoir de séduction de l'homéopathie. Si vous voulez mon avis, c'est de l'escroquerie.

Et bim, dans ta gueule, Mélanie.

Bien, en ce qui vous concerne, les antibiotiques ne seront pas suffisants. Je vais vous expliquer la thérapeutique que j'envisage pour vous, Roxane. Vous en avez forcément entendu parler : c'est l'Antacné. Ce n'est pas un traitement à prendre à la légère.

Le visage de Mélanie s'est cadenassé. Ma daronne entretient un rapport étrange avec les médicaments. Pour elle, ce sont des stupéfiants. Ils auraient pu sauver son oreille, enfant, pourtant elle refuse d'en avaler. Quand, après le divorce, le psy m'a prescrit des anxiolytiques, elle n'a eu de cesse de me faire arrêter. Elle me suppliait, c'est du poison. Elle avait peur de l'addiction, des effets secondaires.

C'est comme si elle voulait dédouaner son père d'avoir manqué à son devoir de la soigner. Elle compense le défaut de médicaments chez nous en absorbant un nombre incroyable de compléments alimentaires, des assemblages improbables de plantes, vitamines et minéraux, des granulés, des gélules, des comprimés prétendument naturels, jaunes bleus verts.

Le docteur Veil m'explique le mécanisme de l'acné, une maladie du follicule pilo-sébacé, génétiquement déterminé. À sa base se trouvent les glandes qui produisent le sébum, sorte de graisse servant à protéger la peau, à l'empêcher de se dessécher. Au moment de la puberté, sous l'effet d'hormones nommées androgènes, les glandes sébacées en produisent trop, le canal pilaire s'encombre et se ferme, points noirs et microkystes apparaissent, un type de bactéries a tendance à se développer à l'intérieur du follicule obstrué et c'est là que naissent ces boutons rouges et blancs si effrayants.

L'Antacné contient de l'isotrétitoïne, dont l'action est d'atrophier les glandes sébacées. C'est la seule molécule à ce jour efficace contre l'acné. Mais l'isotrétitoïne est tératogène, ce qui signifie qu'elle entraîne des malformations mortelles chez le fœtus. C'est la raison pour laquelle, Roxane, vous devrez vous soumettre à un test de grossesse tous les mois pour vérifier que vous n'êtes pas enceinte. Et prendre un contraceptif oral. C'est la loi. Vous n'avez pas le choix. Je réponds, c'est déjà le cas.

Je sens le regard de Mélanie peser sur moi. Elle aimerait me demander si je couche avec Théo, tout de suite, maintenant, mais elle n'ose pas.

Autre chose, poursuit le dermatologue, bien que je n'y croie pas, bien qu'aucune donnée scientifique ne permette de l'établir, je dois vous avertir que des études sont menées sur le lien potentiel entre isotrétinoïne et troubles psychiatriques. C'est un sujet très débattu, toujours en cours d'évaluation. Il me faut donc vous soumettre à un petit interrogatoire clinique. Comment allez-vous, est-ce que vous avez des états d'âme, êtes-vous nerveuse, émotive, irritable, sujette à des crises de larmes, à une perte de concentration, est-ce que parfois vous n'avez pas envie de faire vos devoirs, d'aller à l'école, de voir vos amis, de faire du sport, êtes-vous triste, dormez-vous mal, est-ce que votre poids varie ?

Ce questionnaire est complètement con. N'importe quel adolescent honnête répondrait par l'affirmative à la moitié de ces questions. Pour obtenir l'Antacné, il me faut mentir. Je me tourne brutalement vers maman. Comme prévu, ses yeux brillants tourbillonnent dans leurs orbites, son regard s'est changé en ambulance. Je la devance, j'ai beaucoup de travail à l'école, donc parfois je me sens stressée, mais ça va. Je connais Mélanie, elle va vouloir évoquer mon épisode dépressif d'il y a trois ans. Je l'en empêche, je vais bien, très bien. Oui, consent-elle presque à regret. Enfin, comme une adolescente, ne peut-elle s'empêcher d'ajouter. Je la trouve… instable, ou plutôt, pour reprendre votre mot, irritable.

Le docteur Veil pose ses grandes mains violettes à plat sur son bureau de bois. Ses pouces se touchent, on dirait un éventail chinois. Parlez-moi franchement, Roxane, vous arrive-t-il d'avoir des idées noires ?

Si votre vraie question est, ai-je parfois envie de me suicider ? Je vous réponds non, mais je pourrais dire oui, si vous ne me faites pas partir cette acné. Alain Veil rit à ma plaisanterie. Pas Mélanie.

Pourquoi dis-tu ça, Roxane ? Ma mère semble terrifiée.

Mais quel adolescent n'a pas des idées noires parfois ? On vit tout, le pire comme le meilleur, le petit, le petit peu, avec une folle intensité, on est si vite déboussolés.

Le problème, c'est ce mot: suicide. Avec vous, les adultes, vous les parents, vous les enseignants, ce n'est même pas la peine de le prononcer. Vous pensez qu'en parler nous en donnera l'idée. Du coup, au lycée, personne ne vient jamais en discuter. C'est quand même flippant que l'Éducation nationale ne compte pas de psychologues spécialisés parmi ses rangs ! Si vous voulez mon avis, il en faudrait au moins un par collège, un par lycée.

Car c'est de ne pas pouvoir parler de nos problèmes qui nous fait suffoquer. Heureusement, le rap et le slam nous permettent de les exorciser. Le suicide est votre tabou, pas le nôtre. Vous êtes peut-être trop vieux pour comprendre que c'est le silence, pas le suicide, qui est contagieux.

Quand Mélanie a réalisé que j'avais visionné l'intégralité de *13 Reasons Why* sans m'arrêter, elle a paniqué. Au début elle n'arrivait même pas à prononcer le mot, elle m'a juste demandé si ce genre de séries ne me donnait pas de mauvaises pensées, parce que, à romantiser le hmmm tu vois… quelle débilité ! Tu ne me ferais jamais ça, n'est-ce pas ? J'ai ironisé, don't worry, mommy, je n'ai pas l'intention de me suicider, ça ne pourra pas m'arriver.

Quand j'étais petite, Mélanie me racontait l'histoire de la petite souris peureuse mais qui aime sa maman, qui l'aime infiniment. Pour la sauver du chat qui s'apprête à la manger, la petite souris en rage s'arme de courage et réussit à le chasser. Elle y parvient parce qu'elle aime sa maman, elle l'aime infiniment.

Le docteur Veil n'a pas terminé. Je dois également vous prévenir que ce traitement dessèche la peau. Vous aurez peut-être les lèvres gercées, le nez et les yeux asséchés. Il faudra vous hydrater, ne pas vous exposer au soleil, aux UV. Vous risquez également de souffrir de douleurs musculo-articulaires. Une grosse poussée d'acné peut se produire en début de traitement. Voici un petit livret dans lequel tout est expliqué. Un carnet de suivi que vous serez tenue de me rapporter. Et l'ordonnance pour une analyse de sang : bilan hépatique, cholestérol et test de grossesse. J'ai besoin des trois. On se revoit dans un mois.

Dans l'ascenseur, Mélanie m'enlace et m'embrasse. Tu as eu ce que tu voulais, tu es contente ? J'acquiesce. Tu as bien dit toute la vérité au docteur ? J'acquiesce. En ce moment, tout va bien pour toi, n'est-ce pas ? J'acquiesce.

Mélanie veut que j'aille bien, alors je fais comme si c'était le cas pour ne pas l'inquiéter. Elle ne saurait pas gérer ni amortir mon malheur. Si j'allais mal elle irait mal aussi. Si j'allais mal elle aurait vraiment tout raté.

Mon acné est l'acmé de ma maladie d'amour pour toi, maman.

Troisième mouvement

11

François, février 2019

« Autour c'est le chaos »

— Lomepal, « Trop beau » —

Jacinthe lui rappelle qu'un certain Arthur patiente depuis une heure dans la salle d'attente. Plongé dans ses papiers, François avait oublié la venue du jeune garçon. Le soir, quand tous les malades ont été vus, le cardiologue passe en revue la pile d'examens fonctionnels prescrits, adresse à ses confrères ses conclusions, ses recommandations, avant de s'occuper de l'administratif. La liberté octroyée par l'exercice en cabinet privé n'est qu'une liberté de façade. Toutefois, il doit reconnaître que, ces derniers temps, il a trouvé un certain réconfort à exécuter ces tâches réglementaires, dont l'automatisme, la répétition mais aussi la précision et la concentration qu'elles requièrent l'aident à oublier tout le reste, comme lorsqu'il répète une ballade de Liszt au piano. Une pause temporelle.

Malgré sa réticence, il a cédé à l'insistance d'une connaissance qui l'implorait de recevoir Arthur, son fils de dix-huit ans, scolarisé en terminale à Paris. Arthur envisage des études de médecine. Il aimerait l'avis du cardiologue, ses conseils. Toutes ses relations le savent, François a l'habitude d'en prodiguer à de futurs étudiants.

Dans le passé, il appréciait beaucoup les échanges avec les lycéens, leur franchise gauche et brutale, leur fougue candide, leur regard tantôt perdu, tantôt brûlant.

Désormais il n'ose plus les guider, il a peur de leur faire du mal.

Arthur entre dans le cabinet et la pièce s'emplit d'effluves de terre et de cuir. Le jeune homme a bien grandi depuis la dernière fois qu'il l'a vu. C'était à la deuxième ou troisième union de ses parents, il ne se souvient plus. Le couple pratique depuis des années le divorce et le remariage, un procédé qui tient de l'accommodement des restes, songe François. Il les connaît depuis longtemps, ce sont des amis de Blanchard.

De taille moyenne, Arthur possède un visage méditerranéen, des cheveux noirs drus et bouclés, un sourire lumineux orné de fossettes, des gestes souples, une faconde propre à ceux que le hasard a dotés d'une aisance sociale – mais est-ce le hasard, non, bien sûr que non. À l'instar de ses parents, Arthur fait partie de ces gens qui traversent le monde comme les acteurs entrent en scène : d'une voix affirmée, en sachant où ils mettent les pieds. Des gens plutôt sympathiques qui ne quittent jamais leur univers de privilégiés. Un monde dont François lui-même est issu mais duquel il s'est volontairement éloigné depuis des années.

Avant même qu'il ait pu ouvrir la bouche, Arthur a déroulé son plan d'action : il est le meilleur de sa classe, dix-huit de moyenne en maths en terminale S, il a l'intention de postuler à la fac de Paris 7 Diderot, et il voudrait savoir, est-ce qu'on travaille plus à l'hôpital qu'en libéral, et lequel paie le mieux parce qu'il a entendu dire que l'hôpital donnait de moins en moins, sur tous les plans, mais ça lui plaît bien quand même, la sécurité de l'emploi.

« Chirurgien, pourquoi pas, on est toujours dans le rush, c'est stylé. »

François l'arrête d'un geste.

«Je vais répondre à tes questions par une autre. Est-ce que l'idée te plaît de passer tes journées à écouter des gens te raconter leur maladie ? Est-ce que tu as envie de t'occuper d'eux ? C'est ça, la médecine : bonjour monsieur, qu'est-ce que je peux faire pour vous ? Parce que si la réponse est non, tu peux tout de suite oublier. »

Dérouté, Arthur garde le silence. François poursuit, ce qu'il ne fait jamais d'habitude. En général il en reste là, à cette question qui reste sans réponse mais lui permet de lire dans les yeux de l'adolescent s'il est ou non fait pour le job, s'il possède ou non de l'empathie. En général il garde pour lui ce qu'il pense, ce n'est pas à lui de trancher qui fera ou non un bon médecin. Mais aujourd'hui, il poursuit parce que l'arrogance du gamin l'irrite, parce qu'il pense à tous les jeunes provinciaux étudiant la médecine à Paris qui n'ont pas les moyens d'aller au restaurant ou au concert, à qui l'État donne peut-être quatre cents euros, les parents deux cents, et qui n'ont d'autre possibilité, une fois payée la location de la chambre, que de manger des pâtes et du pain, la nourriture du pauvre, alors qu'il leur faudrait des forces pour étudier, des forces et de la vivacité.

Il n'oserait jamais répéter ce qu'il vient de dire à ce garçon d'à peine dix-huit ans, les termes exacts qu'il a employés dans le but de le dégoûter de la médecine, le sombre tableau qu'il a fait de la situation médicale en France. Le démantèlement de l'hôpital public, le virage ambulatoire réclamé par son administration à coups de tableaux Excel, la gestion entrepreneuriale privilégiant les actes les plus rentables aux dépens du confort des patients, au détriment du personnel soignant dépêché selon les heures et les besoins dans d'autres services à toute berzingue, leur détresse devant les soins dégradés qu'ils se voient contraints de prodiguer, leur peur de l'erreur… Et pendant ce temps l'activité augmente, les moyens diminuent, les salaires pourtant déjà faibles stagnent, la population vieillit, les locaux se délitent, les urgences débordent et refoulent, l'hôpital se peuple d'ombres difformes, sanguinolentes, un service pour indigents.

Le cœur est fait de quatre chambres, qui doivent communiquer sans fuite ni rétrécissement pour assurer des pressions constantes. Dès lors que les pressions se modifient, le sang traîne en amont, ne s'évacue plus en aval, le courant est obstrué, et c'est exactement ce que François ressent en ce moment : les parties qui le constituent, lui, ne sont plus reliées entre elles, son sang s'accumule et frappe à la porte de son cerveau. Il sait bien qu'il ne devrait pas parler de la sorte, mais il ne contrôle plus rien. Pire, il se voit faire mais ne peut s'en empêcher, il ne ressent rien, rien d'autre que le besoin de détruire.

Qu'Arthur et ses parents ne s'inquiètent pas, poursuit-il. Entre deux divorces ils auront les moyens de se soigner en clinique, de se sauver, malgré la raréfaction de la médecine de ville, malgré l'expansion des déserts médicaux en campagne. D'ailleurs, il y a toutes les chances, ment François, pour que, d'ici la fin de ses études, celles-ci aient changé et qu'il soit forcé de débuter sa vie professionnelle par deux ou trois années en Creuse ou en Corrèze. « Il serait juste de rendre à la société ce qu'elle te donne, des études de médecine relativement peu chères en France. » Une autre certitude : au cours de sa carrière, Arthur n'échappera pas au procès. L'erreur médicale est statistiquement inévitable. Il termine par un mensonge : jamais lui-même ne laisserait son propre fils devenir médecin.

D'abord Arthur le fixe, pétrifié. Puis il se lève et s'ébroue.

« Je plains ton fils. Moi, mes parents m'encouragent, me laissent devenir ce que j'ai envie d'être. Ils m'accompagnent. Mon père ne voulait pas que je vienne te voir. Il dit que tu te crois infaillible, que tu te prends pour un dieu vivant. Je te défendais mais finalement, il avait peut-être raison. Qui es-tu pour me dire que je ne suis pas fait pour être médecin ? »

Arthur parti, François chancelle. Il en est réduit à s'allonger sur sa propre table d'examen. Le silence pétrit ses tympans qui se mettent à siffler légèrement. La situation lui semble irréelle. Qu'est-ce qui lui a pris ? Comment a-t-il pu ? Il patiente quelques minutes, mais c'est insupportable. Il se relève péniblement et traverse la salle d'attente plongée dans l'obscurité. Il sait où Denis cache les clés de son cabinet, où il dissimule ses provisions. Il s'agenouille sur le linoléum froid et, la tête penchée en avant, approche le goulot de sa bouche et vide une bouteille de Bordeaux à peine entamée, puis une deuxième.

L'alcool agit. Les images vont et viennent en un lent enchaînement de clichés pastels, un kaléidoscope hypnotique. Comme s'il vivait ses derniers instants, sauf que ce ne sont pas les images de son enfance qui remontent à la surface mais celles de la fille de Blanchard. Il visionne le film de l'existence de Roxane sans savoir si ce qu'il voit a existé, si ces images se sont imprimées dans son cerveau au moment où Cyril les lui envoyait par téléphone quand Roxane était petite, ou s'il est en train d'assembler et de coudre les souvenirs qu'il garde de la jeune fille, présente à l'anniversaire de son père chaque second week-end de janvier à Sète.

C'est d'abord un bébé pâle et maigre que sa mère inquiète s'efforce d'alimenter, un bébé bercé par le *Concerto pour alto* de Béla Bartók.

Le bébé marche à quatre pattes au bord de la piscine, sa mère se précipite pour l'attraper, l'enfant hurle et Mélanie hurle encore plus fort.

Une petite fille de quatre ans, blonde et timide, joue sur une plage à Sète.

Roxane a sept ans et fabrique un gâteau au chocolat, il est raté, elle tend ses mains vers le ciel.

Elle a dix ans et lit dans sa chambre baignée de soleil.

Roxane adolescente danse sur du rap, elle tend la main en riant vers son père pour qu'il la rejoigne. Cyril se prête au jeu à contrecœur.

La musique a changé. Père et fille dansent enlacés sur l'accompagnement au piano de *La Jeune Fille et la Mort*. « Va-t'en, ah, va-t'en ! Disparais, odieux squelette ! Je suis encore jeune, disparais ! Et ne me touche pas ! »

Peut-être que ce que François perçoit n'est que le produit de son imagination. En tout cas le film se déroule sans qu'il puisse l'arrêter.

Finalement, la pellicule s'interrompt et maintenant ce sont des diapositives aux couleurs vives qui défilent une à une, avec, comme bande-son, des rires d'enfant.

Romain nouveau-né en pyjama dans les bras de Laurence. La première randonnée en montagne du petit garçon, bien calé dans le sac à dos de son père. Ses premiers pas en salopette, dans l'appartement loué à Cauterets. Sa première descente à ski entre les jambes de François.

Les couleurs se mélangent, un aplat gris apparaît et les rires se changent en cris.

12

Roxane, novembre 2017

« *J'aimerais me casser la tête, pour un peu mieux me sentir* »
— Roméo Elvis, « Malade » —

La prof de SVT se jette sur René, l'assistant chargé d'installer le labo. C'est n'importe quoi, il faut deux microscopes tous les quatre poteaux, pas trois, dix multimètres en tout, pas vingt. Aussitôt un dessin circule de table en table, une pyramide sociale :

E m p e r e u r
P a t r i c i e n s
P l é b é i e n s
É t r a n g e r s
A f f r a n c h i s
E s c l a v e s
Assistants SVT
René

René nous fait à tous de la peine, en particulier à Lyna qui trouve la prof inhumaine. Cette vieille conne, me chuchote-t-elle à l'oreille, d'où elle se permet de défoncer le pauvre René, j'ai trop envie de lui donner une baffe. Je réponds, elle le fait car elle est très bonne dans son taf et n'a personne d'autre à engueuler.

Connaissez-vous la particularité des professeures de SVT ? Elles aiment plaisanter. Entre elles, seulement, n'est-ce pas, car personne d'autre ne les comprend. Personne ne se bidonne, et ça donne, je suis entourée d'agents pathogènes en TS2, il me faut mes anticorps, Marguerite ta jupe me fait penser à une péridotite. Nous, on les regarde, affligés, s'esclaffer.

Aujourd'hui, je déjeune seule avec Ferdi au Café blanc. Il me regarde et siffle, eh putain bae ! Vas-y c'est quoi les bails ? Ça marche tarpin bien ton truc ! C'est bête de dar ! T'as plus aucun chtar. Traduction, ma chérie, incroyable comme le médicament fonctionne, tu n'as presque plus de boutons.

J'avoue, Ferdinand n'est pas facile à comprendre, d'autant qu'il s'adresse à moi comme si j'étais son meilleur pote. Pour lui, garçon ou fille c'est pareil. L'amitié n'a pas de genre ni de chair. On est tous dans la même galère, tous frères, tous gros mec poto reuf frérot.

Je vous l'ai dit, Ferdi compte beaucoup pour moi. Je l'ai rencontré l'an passé et nous avons immédiatement matché. Il vient très souvent à la maison, bien qu'il habite à Nation. Notre jeu préféré est de chambrer Mélanie. Je dois avouer que ma mère s'avère bonne joueuse. Ferdinand est si drôle qu'il la rend rieuse. Écouter parler mon ami, c'est mieux que regarder la télé-réalité. À lui seul il vaut cent Marseillais. On bédave ensemble, on regarde les vidéos des youtubeurs. Quand il phase, ça peut durer deux-trois heures. Bon, dès qu'il le veut, Ferdinand se montre tout à fait sérieux. Je lui confie tout, il est mon garde-fou. Et aussi, il est le seul, à part Mélanie, à trouver mon nez joli.

C'est donc à Ferdi que j'annonce mon intention de quitter Théo.

Je lui raconte qu'hier Théo est venu par surprise me chercher au lycée. Il voulait m'emmener chez lui et je n'ai pas eu d'autre choix que dire oui, alors que je n'avais qu'une envie, rentrer chez moi pour réviser le contrôle de maths de mardi. Une fois allongés sur son lit, il cherche à déboutonner mon jean, c'est pas méchant mais oppressant. Je remonte sa main, il force, une fois deux fois trois fois, je cède, j'ai pas mal mais j'en ai marre, donc je ne bouge pas. Pendant un moment Théo ne se rend compte de rien, seulement préoccupé par son va-et-vient, et puis ça le saoule que je ne prenne aucun plaisir, alors il râle, t'as pas envie de jouir, t'es pas normale.

Ferdi en lâche sa fourchette dans l'assiette. Sous ses airs de badass c'est une vraie fillasse. Pas normale ? Il t'a dit pas normale ? C'est l'hôpital qui se fout de la gueule de la charité ! Bae c'est qui ce bouffon ? Arrête de maronner, bro, ghoste ce bâtard ! Il s'est pris pour Mister Univers le canard ?

Ghoster Théo, tiens, voilà une idée qui m'émerveille. Disparaître, ne plus lui donner de nouvelles. Sans explication et brutalement. Ne pas être obligée d'avouer que je ne l'aime pas assez pour qu'il m'empêche de travailler, me prenne de ce temps précieux que je ne peux me permettre de gâcher. Ça passerait crème, non ? Non. Le problème, c'est que je suis trop gentille, trop polie pour faire une chose pareille. Si j'étais méchante, je dirais à Théo qu'il n'est pas le meilleur musicien du vagin, qu'il ignore la différence entre pincements et frottements et que la technique du pizzicato ne fonctionne pas sur un clito. À ces mots Ferdinand est pris de fou rire. Il n'en finit plus de glousser de plaisir.

Depuis un mois, Chareau nous assomme de contrôles, nous prédisant la tôle. Je redoute le DST prévu cet après-midi et je le lui dis. Il me répond, t'inquiète, tu vas cartonner de ouf, tu vas dead ça, t'es la besta.

Mais soudain, Ferdi prend l'air gêné. Lui aussi doit se confesser, m'avouer un truc que je vais trouver difficile à avaler.

Il finit par cracher, gros, samedi soir, il était six heures du sbah, on n'avait plus de moula, la boîte c'était grave bourbier donc on a dû rentrer à iep et c'est là que ça s'est passé, j'ai serré Lyna.

Quoi? Donc là, Ferdinand vient de m'annoncer qu'après une soirée un peu compliquée, il a embrassé ma meilleure amie. Qui, elle, ne me l'a pas dit. Cette nouvelle me fait vriller. Je ne devrais pas, Ferdi et moi on ne se plaît pas. Mais c'est l'une des rares personnes à qui je peux parler, la seule si j'y réfléchis, et voilà, Lyna va me priver de ça. En plus je sais qu'elle ne le kiffe pas. Elle va le rendre malheureux et moi je perds un soutien précieux. Je n'arrive pas à me confier à Rose ni à Lyna aussi facilement qu'à Ferdinand. Encore moins à ma reum. J'ai trop le seum.

Quand je m'en ouvre à Rose, elle hausse les épaules. T'es sérieuse? Qu'est-ce que ça peut te faire? Ferdi ne t'appartient pas. Je me rappelle sa story d'hier, quand j'ai compris qu'elle et Lyna prenaient ensemble un café à côté du lycée et ne m'avaient pas proposé de les accompagner.

Rose et Lyna sont amies depuis l'enfance, branchées sur la même fréquence, en renfort l'une de l'autre comme le backeur d'un rappeur pallie ses défaillances. Lyna maîtrise le répertoire de Rose et vice-versa, chacune joue le soutien vocal de l'autre et finit ses phrases, prend son relais en cas de perte de souffle, en cas d'absence. Et moi dans tout ça ? À trois je rêvais d'un triangle équilatéral, mais nous formons un triangle isocèle, leurs deux côtés de taille égale et le mien irrégulier, rebelle. Une figure déséquilibrée. Je suis leur roue de secours, leur plan B. Que se passe-t-il quand l'angle d'un triangle est de zéro degré ?

Au moins ai-je retrouvé figure humaine. Sous Antacné je revis, même si ma peau pèle et craquelle telle la croûte d'un gâteau trop cuit. Mes lèvres sont fissurées, crevassées, comme du velours côtelé. Mes yeux si secs que je ne vais plus jamais pouvoir pleurer. Et mes cheveux changés en paillasse de fer. Voilà pour les effets secondaires.

Au niveau psychologique, je n'observe pas d'altération spécifique. C'est même l'inverse. Je vais forcément mieux, la peau normalisée.

Je me suis abonnée à plusieurs comptes de filles sous Antacné. Certaines expérimentent des courbatures, d'autres des saignements de nez. Toutes donnent des conseils de beauté, crèmes hydratantes et maquillage adapté.

Dans ce monde il faut réussir en restant stylée et bien coiffée. Vous avez beau sélectionner vos abonnements, au bout de deux heures sur Instagram, à observer toutes les filles maigres, toutes des canons, il devient difficile d'envisager de vivre sans en passer par la liposuccion. Et pourtant, en ce moment, je ne mange pas beaucoup, je n'ai pas faim. Du coup je suis assez bien gaulée. En plus, le week-end dernier, Claire m'a dit, t'as trop de chance, t'as les sourcils naturellement épilés. Elle-même les a teints et taillés au carré. Comme quoi on peut faire HEC et se préoccuper de beauté.

L'heure du DST de maths est arrivée. Le surveillant nous distribue les sujets. Et là, je ne sais pas ce que j'ai, je ne comprends rien aux intitulés, comme si mon cerveau s'était bloqué. J'ai passé la nuit à réviser, alors j'ai bu quatre cafés dans la matinée pour me tenir éveillée, et deux au déjeuner. Est-ce pour cela que je ne sais plus ce que signifie un angle obtus, un angle aigu, que tout se mélange dans ma tête, toutes les formes du produit scalaire ? Ça y est, je suis au bord de l'échec scolaire.

J'essaie de me calmer, de réfléchir, de transformer ma peur en action, la houle en lame de fond, mais j'entends la voix de Chareau résonner dans ma tête, vous n'avez rien compris à rien. C'est comme un refrain. Comment réussir un contrôle quand on ne contrôle plus son cerveau ?

Un grand froid me traverse. Je fixe le sol pour me concentrer, mais j'ai l'impression de devenir folle, car quelque chose se met à trembler à l'intérieur de moi, qui grossit et veut prendre mon espace, toute la place. Un animal enragé, un rongeur épileptique. La petite souris de l'histoire de mon enfance semble s'être animée et transformée en un énorme rat visqueux. C'est donc à ça que ça ressemble, une crise de panique ?

En sortant de l'école, je fonce, casque sur la tête, musique à fond. Dans le tromé, je me mets à pleurer, malgré l'Antacné. Cette fois, ça ne me soulage pas.

Autour de moi, les gens me dévisagent, mais ne me parlent pas. Je sens le poids de leur regard sur moi. Quand je sors enfin à l'air libre, mes larmes redoublent au son de *Si seul* d'OrelSan. Elles ont un goût amer de mer salée. Je ne peux plus avancer. Je me laisse glisser sur un trottoir, dans le quartier de la Mouzaïa, tout près de chez moi. Je lève les yeux vers la plaque bleue devant moi et je lis rue de la Fraternité. Autour de moi, disproportionné, se dresse le labyrinthe de venelles escarpées, grilles de fer forgé, colombages et vieux lampadaires, dénivelé de pavés, dais de glycines et de lierre, maisonnettes roses aux volets verts, en crépi, en brique, en pierre meulière, comme Sully. La tête me tourne. Je crois que j'ai besoin d'elle. Finalement, je me lance, je l'appelle.

Allô, maman, maman t'es où ? Je suis en répétition. À la maison ? Non, chez la sœur de Mathieu, en banlieue. Elle nous a prêté son pavillon. D'ailleurs, chérie, si c'est OK pour toi, je vais peut-être dormir là-bas. Nous ne sommes pas prêts, loin de là. Ça va, toi ? Tu as eu des notes aujourd'hui ? J'ai fait les courses ce matin, il y a ce qu'il faut dans le frigo. Et je t'ai acheté du chocolat pour le goûter.

Je dis, merci, maman.

Maintenant j'ai envie d'appeler mon père, j'ai envie de lui demander de me payer des cours particuliers en maths, un soutien scolaire, mais je n'oserais jamais, parce qu'il me faudrait lui parler de mes difficultés et ça le ferait flipper. Et puis je n'aime pas quémander. Cyril dit, seuls les faibles demandent de l'aide. D'après lui, le meilleur moyen pour s'appauvrir, c'est de faire des enfants. Est-ce pour cela que tu ne vois pas d'autre voie pour moi que la prépa gratuite, papa ?

À cet instant un texto de Lyna s'affiche sur l'écran. Je n'avais pas remarqué ses cinq appels manqués.

Roxane, pourquoi tu réponds pas, Rose et moi on est venues exprès à côté de chez toi. Rejoins-nous à Belleville, à la friperie Kilo-Chill.

Je sèche mes larmes et me mets à courir. Mes amies pensent encore à moi, je ne suis pas si malheureuse que ça. Une mauvaise note en maths ce n'est pas la fin du monde. J'ai eu seize en français aujourd'hui et dix-huit en physique-chimie, on est loin de l'hécatombe.

Chez Kilo-Chill, toutes les trois nous fouillons le bac à fripes, nous essayons des chemises, des T-shirts, des sandales à un balle. Lyna refuse d'enfiler un jean car une de ses amies aurait attrapé une infection vaginale à cause d'un vêtement mal lavé. Elle préfère aller au centre commercial. Rose s'agace, meuf t'es au courant qu'on nous ment ? Comment veux-tu changer la mentalité des gens si tu continues tes razzias chez Zara ?

Le week-end dernier Rose a failli tuer son père et sa mère. Au moment de partir à la Marche pour le Climat, elle a surpris son daron en train de manger un McDo et sa daronne une crêpe au Nutella. Ses parents auront la disparition de l'humanité sur la conscience. J'éclate de rire. À nous trois on ne va pas sauver la France ! Finalement Rose déniche une ceinture qui ressemble à une Gucci. Elle gémit, je donnerais un œil et un rein pour la vraie. Eh oui, nous ne sommes pas à une contradiction près.

Finalement les notes on s'en fout, on se fout de tout.

Sauf de notre amitié, notre triangle équilatéral reformé.

Le rat dans mon ventre s'est calmé.

Plus tard dans la soirée, on est grave dans le même mood, installées place des Fêtes, près des Lilas, chacune une bière sous le coude. Fuck le lycée, fuck Chareau, t'as vu comme il est mignon mon nouveau petit haut ?

Lyna et Rose me disent qu'elles ont, elles aussi, complètement raté le contrôle. C'est pas grave, plaisante Rose, au pire on finira prof de sciences nat !

13

François, février 2019

« *Le mal est fait, le mal est fait* »
— Casseurs Flowters, « Le mal est fait » —

Ce matin, François et Romain ont rendez-vous à neuf heures au lycée du garçon. Sur le chemin, ils n'échangent pas une parole. François en est incapable, il ne peut penser qu'à l'audience. Il n'a pas prévenu Laurence de sa reprise aujourd'hui, à onze heures. C'est pour cela qu'il n'a pas décalé l'entretien d'orientation de leur fils, pour ne pas éveiller ses soupçons.

Si elle le lui reprochait, il s'en défendrait en prétextant qu'il veut la protéger, mais en vérité c'est lui-même qu'il souhaite préserver, et cette foutue image de lui-même. Et s'il se tournait vers Romain à ce moment-là, il remarquerait l'expression d'inquiétude qui marque ses traits, le léger tremblement qui anime sa mâchoire. Mais il ne le regarde pas. Pas une fois.

François se gare devant le lycée Delacroix, un grand bâtiment moderne situé à l'orée de la forêt domaniale de Marly. Depuis la cour, on aperçoit les cimes des châtaigniers, on entend les mésanges chanter. Il aurait préféré que son fils entre en seconde au Grand Lycée de Versailles, l'un des meilleurs de France, mais l'administration du collège lui a opposé que les notes du garçon n'étaient pas assez bonnes. Il l'a tout de même mis dans la liste des affectations souhaitées, via Affelnet, mais son vœu n'a pas été exaucé.

On les fait entrer dans le bureau de la conseillère d'orientation, Christine Caron, une grande femme à l'air décidé, au visage cabossé.

« Je vous ai demandé de venir tous les deux pour parler de l'année prochaine. Je crois savoir, Romain, que tu voudrais laisser tomber les mathématiques…

– Je sais pas », répond mollement le garçon.

François intervient :

« Ce n'est pas ce que je souhaite, moi, je dois vous prévenir. »

La conseillère poursuit, impassible.

« J'ai examiné tes résultats, Romain, j'ai regardé tes copies. Je suis moi-même professeur de maths. Et je connais bien les méthodes de ton professeur, M. Ricci. C'est quelqu'un de bien, mais très exigeant. J'imagine que ce n'est pas facile pour toi depuis le début de l'année. »

Romain murmure des paroles inintelligibles.

« Parle plus fort, mon chéri, on n'entend rien, s'agace François.

– Monsieur Hanner, il faut que vous sachiez que l'année prochaine, les programmes changent avec la réforme. Le programme de spécialité mathématiques sera bien plus difficile que celui de l'ancienne première S. Il a été pensé pour de vrais scientifiques et j'ai peur que les élèves les plus faibles ne puissent pas suivre. Je ne devrais pas vous dire cela, mais je pense que cette réforme est une idiotie, du moins en ce qui concerne ma discipline. Le vide va se creuser entre ceux qui suivront et ceux qui n'y arriveront pas. La pression pour ceux-là sera insoutenable, renforcée par le contrôle continu qui va se faire par des examens incessants. Le stress sera permanent. Romain me paraît être un garçon plus littéraire que matheux, si ces vieilles distinctions veulent encore dire quelque chose. Qu'en penses-tu, Romain ?

– Je sais pas. »

François bondit.

« Mais c'est tout ce que tu sais dire, je sais pas, je sais pas ? On ne va pas y arriver comme ça ! »

La conseillère pose une main sur le bras de François, en signe d'apaisement.

« Ce n'est pas une décision que vous devez prendre dans la journée. Nous avons le temps. Je voulais seulement vous en parler pour que vous puissiez y réfléchir et en discuter à tête reposée… »

François se défait du contact de Christine Caron.

« Ce que vous êtes en train de me dire, c'est que mon fils ne va pas pouvoir envisager la moindre prépa, que ce soit médecine, ingénieur ou école de commerce. Vous le destinez à quelle sorte d'études ? Socio ? Psycho ? Autant l'inscrire directement à Pôle Emploi ! »

Submergé par la colère, ses facultés altérées, François ne se maîtrise plus. Cet entretien est pire qu'une épreuve. Un calvaire. Il ne sait pas ce qu'il en attendait, mais certainement pas que Romain, en plus d'être publiquement reconnu comme nul en mathématiques, se montre incapable de s'exprimer intelligiblement. Rien que d'y penser, son ventre se tord. Le spectre de l'échec de son fils le terrifie. La peur l'envahit, monstrueuse et invisible, s'infiltrant dans le moindre interstice de son corps. Il reconnaît cette angoisse incandescente, corrosive, si difficile à éteindre, qui le fait se sentir si faillible, si incompétent en tant que parent. Il n'avait vraiment pas besoin de cela aujourd'hui. Quand on pense que ce qu'il est en train de vivre ne sera même pas le pire moment de sa journée…

À dix heures quarante-cinq, il fait son entrée dans la salle d'attente du Conseil de l'Ordre, suivi de son avocat. Un peu plus tôt, dans un texto, il a menti à Jérôme en répondant par l'affirmative à sa question, à savoir s'il venait directement de Bois d'Arcy. Il n'a jamais parlé des soucis scolaires de Romain à Karevsky. Il ne s'en ouvre à personne hormis Laurence, et parfois Denis, ce qu'il regrette aussitôt.

Les deux hommes patientent en silence, comme la dernière fois. François a l'impression de vivre une scène de cauchemar répétitive. Il tente bien de poser une question à Jérôme, est-ce qu'il arrive que l'audience dure plus longtemps qu'une heure ?, mais sa voix est si faible que Karevsky ne l'entend pas. L'avocat garde sa lourde tête poilue penchée sur son dossier, ses sourcils froncés. Une attitude qui ajoute à l'anxiété de François.

Mme Fabre n'est pas encore arrivée. Son avocate semble s'impatienter : la jeune femme rousse regarde sa montre sans arrêt, le regard buté. François l'observe du coin de l'œil. Elle lui fait penser à l'une de ses jeunes patientes, Mlle Dutertre. Deux ans auparavant, on lui a arraché son sac à main dans la rue. Elle a fait un arrêt cardiaque. Du moins c'est ce qu'ont cru les secours. En réalité, le cœur de la jeune femme s'est paralysé suite à une décharge d'adrénaline, mimant un énorme infarctus. Le syndrome de Takotsubo, ce qu'on appelait dans le temps mourir de peur. Elle n'est pas morte sur le trottoir. Si on ne meurt pas immédiatement, on n'en garde aucune séquelle. Aujourd'hui, Stéphanie Dutertre est en pleine forme, son ECG se montre ennuyeux au possible, pire que du Philip Glass, mais elle reste persuadée d'avoir ressuscité, bien que François lui ait expliqué mille fois qu'un infarctus ne signifie pas l'arrêt du cœur mais l'altération d'une partie du tissu cardiaque due à l'obstruction d'une artère. C'est joli, un cœur sidéré, mais cela ne dure pas.

À onze heures précises, le greffier les appelle. François et Jérôme se lèvent et marchent du même pas grave et recueilli jusqu'à la salle d'audience souterraine. Les médecins ont déjà pris place. À peine François s'est-il installé que Mme Fabre entre dans la salle d'audience. Tous se relèvent pour l'accueillir. Impressionnée par la déférence de ces mi-docteurs mi-juges, la plaignante murmure un « merci » timide et s'assied de l'autre côté, sans un regard pour François.

L'audience débute avec de légères variations par rapport à la fois précédente. L'inconnue blonde est revenue, toujours aussi jolie, aussi réservée, mais elle s'est assise près de la porte. Le mois dernier, François avait trouvé au président de la chambre, Daniel Lefèbre, une ressemblance avec son père, mais pas aujourd'hui. L'homme est beaucoup plus petit que ne l'était Daniel Hanner, son visage plus rond, son nez moins fort. Et le médecin rapporteur n'est plus le même. Cette fois, c'est le numéro deux qui prend la parole, un vieil homme chauve dont les épais sourcils blancs surplombent un grand nez plongeant. Ses immenses narines frémissent dangereusement. Ce type est fait pour aspirer l'air autour de lui et en priver les autres, pense François.

Les néons carrés du plafond déversent un jet de lumière acide sur l'assistance tandis que la voix du rapporteur s'élève, flegmatique, monocorde, comme s'il récitait une recette de cuisine. Mais peu à peu, le vieux médecin semble entrer dans la peau de son personnage et se met à agiter les bras en tous sens, tel un prêcheur haranguant ses fidèles. Le visage de François ne trahit pas la moindre émotion. Son cœur suit le mouvement que les coudes du rapporteur impriment à son vêtement noir, un vif battement d'ailes. Il est bien placé pour savoir que la sensation qu'il est en train d'expérimenter n'est qu'une banale tachycardie due au stress, cela n'empêche pas son rythme cardiaque de s'accélérer au fur et à mesure que l'exposé se poursuit, au point de bloquer les contractions des oreillettes, au point où il n'entend plus rien d'autre que l'organe qui semble battre dans sa gorge, comme si les toges des avocats et des médecins avaient enflé pour former une tente de tissu noir rayé de blanc et rouge dont il serait prisonnier, isolé des sons.

Il se décide à avaler le petit comprimé de Midex, le bêtabloquant qu'il a glissé ce matin dans la poche intérieure de sa veste. Il n'a pas l'habitude de s'automédicamenter de la sorte, mais il ne peut se permettre de perdre les pédales au moment où il lui faudra prendre la parole pour se défendre. Le Midex contient du Propranolol, une molécule inhibant l'action de l'adrénaline, utilisée dans le traitement de l'hypertension artérielle, des troubles du rythme cardiaque et, en deuxième intention, contre le stress.

« Le 12 janvier 2018, Mlle Roxane Blanchard consultait le docteur Hanner depuis le domicile de son père Cyril Blanchard à Sète, dans l'Hérault, par le biais d'une visioconférence, lui faisant part de ses problèmes de peau et de son besoin urgent du médicament Antacné. Mlle Blanchard prétendait avoir oublié sa boîte de médicaments et son ordonnance à Paris et se disait dans l'incapacité de récupérer l'une ou l'autre, son dermatologue, le docteur Veil, se trouvant en congés, et sa mère, Mme Mélanie Fabre, en voyage d'affaires. »

Le rapporteur marque un temps de silence par quelques raclements de gorge.

« Après s'être assuré d'une absence de grossesse auprès de Mlle Blanchard, laquelle lui a fait parvenir le même jour sa dernière analyse de sang confirmant sa non-gravidité, après avoir discuté tour à tour avec la jeune fille et son père, Cyril Blanchard, de son état mental qui semblait stable, le docteur Hanner a envoyé par courriel une ordonnance de renouvellement d'Antacné depuis son cabinet de Bois d'Arcy.

« L'Antacné est un médicament du laboratoire Kapen, dont la molécule active, l'isotrétinoïne, est utilisée de manière fréquente dans le traitement des crises d'acné sévère. »

Nouveau temps de silence, nouveaux raclements de gorge. François ne peut bouger ni détacher son regard du visage de la mère de Roxane. Il ne remarque pas que la jeune fille blonde se lève précipitamment et quitte le tribunal, en larmes. Mélanie, elle, tient bon. C'est la dernière variation.

« Le 15 janvier 2018, Mlle Blanchard décédait des suites d'une précipitation volontaire. »

14

Roxane, décembre 2017

« *Les anges de l'enfer l'escortent* »
— Damso, « Amnésie » —

Cela fait des semaines que Chareau ne nous a pas rendu une seule copie. Mais aujourd'hui le temps est venu. Son rouge à lèvres déborde. C'est comme si de sa bouche maigre perlait du sang. Elle semble prête à mordre.

Elle nous explique qu'elle va nous appeler l'un après l'autre. Chacun devra se lever et marcher jusqu'à son bureau. L'heure du Jugement est arrivée, la cérémonie peut commencer. Les notes seront rendues par ordre décroissant, une moyenne avec les deux contrôles précédents. Elle n'a jamais fait cela avant. Je redoute le résultat du dernier DST, celui lors duquel j'ai paniqué.

Le rideau se lève et surprise, Lyna est convoquée la première. Mon amie bondit en tâchant de cacher son soulagement. Merci madame, merci.

Je pince mes lèvres d'agacement. Lyna m'avait pourtant juré avoir raté. Ne détestez-vous pas, vous aussi, ceux qui toujours prétendent avoir échoué alors qu'ils savent avoir réussi ?

L'appel continue. Quatre nouveaux noms sont donnés et le mien n'en fait pas partie. Cette attente me tue. Je sens un liquide froid couler sous ma chemise. Mon cœur crépite dans ma poitrine. Une image curieuse me vient, celle du *Transi* de René de Chalon. Je ne sais pas si vous visualisez. On l'a étudié en histoire des arts. C'est un squelette de pierre, une statue funéraire datant de la Renaissance française. Dressé debout, l'écorché tient son cœur dans sa main levée et l'offre à Dieu. Moi j'ai envie d'arracher le mien pour le donner à Chareau, et qu'en retour ses yeux veineux se posent sur moi. Je forme un cercle de mes mains sous la table, un signe superstitieux que je fais en scred chaque fois qu'on me rend une copie. Je ne peux tout de même pas m'être plantée à ce point ? Mais rien. Non, les noms s'égrènent, les notes des contrôles dégringolent, et je demeure invisible. Rose est appelée. Ce n'est pas possible, il doit y avoir une erreur. Ma copie s'est-elle collée à une autre ? Est-elle perdue, oubliée, volée ? Mon cœur manque un battement quand j'entends le nom de Ro… dolphe Deschamps.

Le douzième nom est celui de Ferdinand. Je compte, évidemment. Dix et demi, c'est pas mal, continuez. Archi saucé d'être ainsi considéré, Ferdi se prosterne et fait le signe de la victoire. Il est posey. Tout le monde se marre, même la prof. Tout le monde sauf moi et mon esprit pressurisé. Roxane écrasée déchiquetée. Pendant ce temps les élèves continuent d'être convoqués, les notes de baisser, la tension de monter. Je perds pied.

Et puis j'entends, finalement, mon nom. La voix de Chareau s'est abaissée d'une octave. Son timbre d'opiomane prend la sonorité du glas. Elle kiffe tellement qu'elle en bave. Cette femme est une salope un monstre un coutelas.

Je ne sais pas comment je parviens à me lever et à marcher, à ne pas pleurer, mais me voilà, je me tiens là, au pied de mon calvaire. J'attends que Sylvie Chareau me crucifie et je pense à mon père.

Cyril m'a pourtant prévenue, à Sully il faut être un roc, solide, pas trop sensible. Pour survivre dans un lycée d'élite, il faut avoir mauvais caractère, quel que soit son âge, alors ma poulette, tu m'entends, sois forte, sois dure, bats-toi, relève la tête et montre-leur de quelle étoffe tu es faite, écrase-les tous sur ton passage.

J'essaie de me composer un visage de combattante, un sourire de gagnante, mais ma mâchoire se bloque, mes genoux s'entrechoquent. Je suis faite de papier, je vais me déchirer. Le temps semble s'être arrêté, une sphère compacte prête à exploser.

Chareau murmure si bas que je dois me pencher pour l'entendre. Vos deux premiers contrôles sont passables, douze et douze et demi, mais le dernier est catastrophique, votre rédaction déplorable, vous avez eu quatre sur vingt… Et vient le fameux refrain, vous n'avez rien compris à rien.

Puis elle relève la tête et, d'un ton déchaîné, comme dans une vente à la criée, s'exclame : neuf et demi !

Je retourne à ma place et me rassieds, sonnée. J'ai envie de vomir et l'impression de ne plus pouvoir respirer. Tout le monde me regarde couler. J'enfonce mes ongles dans le creux de mes paumes. Le dernier contrôle portait sur la fonction valeur absolue. Inéquations corrélations connexions. Certes, j'avais paniqué, mais je pensais tout de même l'avoir réussi pour moitié.

En vérité, l'équation Roxane n'a aucune solution. Je n'y arrive pas. Dire que Ferdinand y arrive mieux que moi. Ma valeur absolue égale zéro, même si j'ai eu quatre. Je n'y arrive plus. Je suis foutue inadaptée inadéquate.

Dehors, le soleil brille légèrement, comme à travers un filtre d'argent.

À la maison, Mélanie répète avec ses compagnons le quatuor *Alouette* pour un festival à Nancy. Je claque la porte et reste figée dans l'entrée. Le morceau d'Haydn se veut concis, léger, le premier violon chargé d'imiter les trilles, les trémolos d'un oiseau voltigeant au-dessus d'un champ de blé. Aucun des musiciens ne parvient à s'envoler. Leurs notes semblent aussi fausses que la mienne. Je me demande pourquoi ils se démènent. Pourquoi ma mère ne me voit pas, ne m'entend pas.

Mélanie dit, l'alto occupe la place centrale du quatuor et pourtant on le perçoit peu.

Maman ?

Mélanie dit, l'alto est comme la farine ou la maïzena, on ne prend pas conscience de sa présence mais en son absence, la sauce ne prend pas.

Mam's ?...

Mélanie dit, l'alto mal-aimé occulté dévalorisé possède plus de rondeur et de douceur que le violon. Pour bien en jouer il faut beaucoup de délicatesse, de justesse.

Elle ne m'entend pas.

Avant de monter dans ma chambre, je me faufile le long du corridor jusqu'au guéridon où ma mère a posé son sac à main marron. J'attrape son téléphone portable et je déconnecte l'application Pronote. Elle ne connaît pas les codes, elle ne pourra pas se rebrancher. Je veux pouvoir souffler.

En catalepsie, je m'effondre sur mon lit. Je reste un temps infini tapie sous la couette, une marche funèbre dans la tête, et puis je saisis mon téléphone. Rose et Lyna m'ont envoyé un mème : la vidéo d'un type dont la tête est coincée entre les deux battants de la porte du métro, avec marqué : « les première S3 quand ils sont appelés au tableau par Chareau ».

Je me tape une barre et je me sens mieux. Je me lève et m'assois à mon bureau. Je recommence à travailler. Je ne laisse pas tomber. Je vais tous les écraser. J'en oublie même de manger.

Chareau a demandé un graphe sur les limites pour demain. Elle nous a exposé que pour calculer la limite, il faut montrer qu'elle existe, qu'elle est unique et que la fonction est continue. Je suis archi tendue parce que je n'ai pas bien compris au début. En travaillant j'écoute Damso, *Autotune* et *Jean Reno*. Le tracé est immense. Des lignes de partout, des constructions graphiques, du rouge du bleu du vert. J'ai GeoGebra à côté de moi, les stylos, le compas, je n'y arrive pas. Je dessine toute la soirée sur ma feuille de papier millimétré. Dans la nuit ça ressemble à un tableau de Cy Twombly. De ma chambre j'entends Mélanie jouer encore et encore le programme du concert de Nancy.

Jeudi matin. Dans le couloir je croise René, l'assistant SVT. Je lui souris, il semble si gentil.

Ma feuille est prête et parfaite, mais Chareau ne la ramasse pas. Elle dit, on change de sujet, on passe aux probas, et là j'ai ma boule qui se reconstitue, grossit et devient dure. La souris dans mon ventre reprend vie, et je pense, ça sert à quoi d'aller dans cette putain d'école si on n'a pas de putain de futur ?

15

Roxane, décembre 2017

« *Viens encore une fois dans mes bras*
comme si tu ne m'avais jamais trahi »
— SCH, « Hold up » —

J'ai encore minci et quand je me regarde dans la glace je me trouve fine et jolie. Mais Mélanie cette harpie dit, tu es trop maigre, pas assez sexy. Les garçons aiment les seins, pas les filles plates comme une planche à pain. En retour, je marmonne, t'as raison de me balancer ça, avec tes cils multicouches, si chargés en mascara qu'on dirait des pattes de mouche. Toi tu sais ce que c'est que d'avoir la touche. Rappelle-moi, pourquoi ni papa ni Mathieu la mèche ni le type de la dernière fois n'ont voulu de toi ?

Ensuite je m'en veux, comme à chaque fois, même si elle ne m'entend pas…

Au sujet des garçons, j'ai enfin parlé à Théo. Je lui ai donné rendez-vous dans le square en bas de chez lui et j'ai entonné, nous deux, c'est fini, ce n'est pas que je ne t'aime pas, mais j'ai besoin de temps pour moi. Il a pleuré et j'ai senti quelque chose de très dur me traverser et creuser un trou du genre difficile à combler. C'est comme si on m'avait ouverte en deux et éviscérée, à la petite cuillère, tel un melon, puis refermée. Il n'y avait plus que mon cœur qui battait dans mon corps évidé. C'était le moment où le soleil se couchait, et tout en parlant je regardais le ciel au-dessus de nous. Il prenait la teinte du caramel mou, la même couleur que l'intérieur de la cuisine peinte par Drolling, le tableau que nous a montré Fichot, la prof d'histoire-géo : le peintre aurait acheté les cœurs de Marie-Thérèse d'Espagne et d'Anne d'Autriche, les aurait broyés pour en faire un pigment brun et brillant. Le genre de légende dont Fichot est friande. Je me suis demandé si j'aimerais que mon cœur soit écrasé découpé malaxé par un artiste pour en fabriquer un vernis. Mais de mon pauvre cœur à bout il ne sortirait probablement rien du tout.

N'en déduisez rien. C'est juste que parfois je n'en peux plus, j'ai envie que ça s'arrête. Mais je ne sauterai jamais le pas. Je ne suis pas assez courageuse pour ça. Il faudrait non pas que l'acte vienne de moi mais que, par exemple, je me fasse écraser.

Oui, mon cœur est claqué. Ce que je redoutais est arrivé. Ferdinand ne quitte plus Lyna. Lyna ne peut plus vivre sans Ferdinand. Les deux sont collés serrés toute la journée à s'embrasser et s'envoyer des sextos. Ferdi l'appelle ma zouz, ma gow. Tout le monde trouve ça cute, sauf moi. Car mon ami a disparu, il ne me parle plus. Roxane lâchée ignorée.

Ferdinand me manque terriblement. Ses commentaires, surtout. Il a l'habitude de comparer les profs à des animaux : Dumaine à un pékinois, Fichot à un beluga. Et ses conneries, aussi. Je me souviens qu'au début du mois de décembre de l'année dernière, il avait bouffé en une journée l'intégralité de son calendrier de l'avent Kinder et m'avait suppliée de m'en faire acheter un par Mélanie. Celle-ci s'était trompée et m'avait rapporté un calendrier Harry Potter. Wesh, mon reuf, ta daronne elle croit que t'as dix ans ou quoi ? On s'était tapé des barres. Je me demande si cette année le canard partage son chocolat avec Lyna.

Heureusement, Rose est là. Elle aussi se sent évincée. Le soir en sortant de l'école, elle m'invite chez elle. Bien qu'elle habite dans le sens opposé au mien, métro Courcelles, bien que mon trajet de retour s'en trouve rallongé, j'accepte. Que ne ferait-on pas pour une crêpe fraîche au Nutella ?

Delphine Malherbe, sa mère, vous vous souvenez, celle qui bosse chez BP, s'est mise au télétravail. Elle est déjà rentrée quand ses enfants reviennent du lycée. Elle leur prépare des jus frais des pancakes des banana cakes, des recettes piquées sur Instagram, à croire qu'elle regarde des émissions culinaires en scred toute la journée. C'est sa présence que j'aime surtout là-bas, parce qu'en vérité la crêpe au Nutella je ne la mange pas. Je regarde le petit frère de Rose s'empiffrer : l'innocence a donc le goût du praliné. Et j'opine du bonnet quand mon amie se plaint de sa daronne. Je n'ose pas lui dire que non, moi, Delphine, je ne la trouve pas si conne.

Rose me raconte, meuf tu te rends compte, hier ma mère m'a entendue pleurer à travers la cloison. Comme elle voulait savoir pourquoi et que je ne répondais pas, elle a forcé la porte de ma chambre au pied-de-biche en hurlant je pète tout je m'en fiche. Elle est entrée et m'a secouée comme un prunier jusqu'à ce que je crache ma sale note en français. Après elle a sifflé, je suis soulagée que ce ne soit que ça. Que ça ? Putain, t'imagine, elle ne respecte pas mon taf et elle viole mon intimité ! J'étais archi énervée, j'avais envie de la buter, je l'ai plus calculée de la soirée. Elle est guedin, je te jure, en plus la pookie a tout raconté à mon daron, mais bon, lui en ce moment je l'aime trop, c'est comme un gros panda, tu vois ?

Quand Rose me raconte, je me mords la lèvre inférieure pour ne pas crier, ne pas répondre que non, je ne vois pas, qu'elle ne réalise pas la chance qu'elle a. Pourquoi ma mère à moi ne me viole-t-elle pas comme ça ? Dire qu'en anglais alto se dit *viola*. Je me contente de hocher la tête doucement, comme un bon petit chien. Je ne ressens rien, plus rien d'autre que cette pointe glacée dans ma poitrine qui continue de forer.

Delphine Malherbe m'a proposé de rester dîner, mais j'ai refusé, prétexté que Mélanie m'attendait. Je ne voulais pas qu'elle puisse penser que ma mère m'abandonnait. C'est une chose de critiquer ses darons. C'en est une autre d'écouter des inconnus les attaquer. Mélanie donne son concert à Nancy, miskine, et n'a pas d'autre possibilité que de me laisser.

Maintenant je suis seule à la maison. L'horloge du salon affiche vingt et une heures. Je n'ai pas la force de cuisiner, pas même des pâtes au beurre. Si je le pouvais, à ce moment précis, c'est de la drogue que je mangerais. N'importe quoi ferait l'affaire. N'importe quel bédo, du shit, de la weed. Je plaisante. Je n'ai pas l'argent, et surtout, pas le goût à ça. Le shit me rend parano et la beuh me fait bader. Même tiser, j'adore pas. Pourtant mon père m'a habituée à planer. Bien qu'il n'ait pas capté qu'un pilon n'était pas du poulet, Cyril m'encourage à fumer des clopes, boire des bières et du rosé. Ce qui, entre parenthèses, s'avère en contradiction totale avec les méthodes éprouvées du succès scolaire. En fait il voudrait que je sois à la fois branchée et polarde, à la fois rigolote et austère. Bref, bipolaire.

Il me dit souvent, détends-toi Roxane, ma dinde, tu es trop stressée. Seulement moi, j'aime avoir les sens aiguisés, et tant pis si j'ai mal au ventre, tant pis si j'ai la respiration coupée, l'esprit détraqué. Les eaux de l'adolescence m'apparaissent troubles et froides, agitées. Comment fait-on pour les traverser à la nage, sans barque, sans radeau, sans gilet de sauvetage ?

Je pourrais, c'est vrai, me raccrocher à Théo comme à une bouée. Il m'envoie texto sur texto et des dizaines de vocaux sur Snap entrecoupés de souffles de fumée, je peux pas me passer de toi, fuff, je rêve d'une autre nuit avec toi, fuff, je t'en supplie, viens dormir avec moi. C'est une idée fixe, le pauvre se la joue complètement matrix. Bien sûr, il me fait de la peine, mais Théo pour moi c'est déjà de l'histoire ancienne. Je ne peux m'empêcher d'entendre les paroles de Cyril à Sète, Théo est un petit branleur qui ne pense qu'à faire la fête.

D'ailleurs, depuis que je l'ai quitté, mes notes en maths ont remonté, comme par un effet de balancier. Chareau s'est trouvé un nouveau bouc émissaire. Il se nomme Prosper Sablé. Elle fait exprès de l'appeler Sable. Prosper lit du Sénèque à table et a écrit une constitution fondée sur le droit des plantes. Bref, c'est une target parfaite. Monsieur Sable, vous vous enlisez, dites donc, faites attention, vous pourriez prendre racine…

Prosper est chéper. À sa place je serais en PLS. Mais il ne bronche pas. Son visage semble de cire. Bien sûr, ça ne veut rien dire. Quand vous, les adultes, vous ne nous voyez pas pleurer, vous en déduisez qu'on est forts, qu'on va bien. Raté…

J'ai répondu à une annonce et maintenant, deux fois par semaine, je garde un bébé. Mais comme Chareau nous donne toujours plus de boulot, je le laisse souvent pleurer. Pour ne pas être dérangée je mets mon casque, *Le Horla* à fond, et je me déteste après.

Nekfeu chante qu'on est tous responsables, en partie, du monde qu'on bâtit. En archi, on étudie comment les fondations assurent la portance du bâtiment, contrôlent les tassements. Mais moi, j'irai en prépa scientifique et je n'apprendrai pas. Si mon édifice s'effondre, si j'en tombe, si j'en saute, ce ne sera pas de ma faute. Je me sens vidée. Je n'ai plus aucune énergie. Plus rien à foutre de rien.

Je devine ce que vous pensez: pourquoi ne vais-je pas me confier à quelqu'un dont c'est la spécialité? Vous avez sans doute raison, mais je n'ai pas le temps d'aller chez le psy. Chareau ne me laisse aucun répit. En ce moment, je regrette d'avoir opté pour la filière S. Certes, à la clé nos notes sont plus élevées mais nous avons des centaines d'exercices chaque soir à effectuer, pas le temps d'aller au café, pas le temps de se reposer. Les ES charbonnent dix fois moins que nous. Il y a de quoi être jaloux.

En S, notre organisme sous pression ne doit pas lâcher. Pourtant, nous sommes comme les autres, nous devons équilibrer les efforts qu'on nous demande de faire, sinon c'est la décompensation assurée. Et encore, pour le moment, on s'en sort. Dans deux ans, l'équivalent des S vont sérieusement morfler. Chareau nous a parlé de la réforme. Elle fait partie de ceux qui veulent faire des Français des ingénieurs de haute volée. Le lycée n'étant pas assez sélectif, les maths de spécialité S seront, enfin, des vraies maths. Terminé la rigolade. Même avec des profs particuliers, certains ne vont pas y arriver. Et hop, tous en rade.

Si j'y réfléchis, à la fin de l'année dernière, personne ne m'a laissé le choix d'aller en S ou non.

Ni ma prof de maths, Roxane, vous êtes faite pour S. Ni Mélanie, les meilleurs vont en S. Ni Cyril, l'unique voie pour la prépa, c'est S.

S comme supplice sacrifice stupide.

Le jeudi 7 décembre, j'ai de nouveau rendez-vous chez le docteur Veil. Il est soufflé par l'effet de l'Antacné sur ma peau. Pas de nouvelle poussée d'acné chez moi, un résultat quasi immédiat. Il dit, c'est vraiment un médicament extra. Ma daronne ne moufte pas. Moi, je souris, merci.

Après avoir étudié mon test de grossesse négatif et les autres documents exigés, le médecin se met à me fixer de façon appuyée, au point où il me fait carrément flipper.

Comment allez-vous, Roxane ?

Bien qu'on ne lui ait rien demandé et qu'elle vienne à peine de rentrer de Nancy, Mélanie s'exclame, je la trouve de plus en plus agressive et irritable.

Je respire un bon coup pour ne pas perdre mon calme et d'un coup d'œil assassin je fais taire ma mère.

Que le dermato ne me renouvelle pas l'Antacné, que mes boutons se mettent à nouveau à pulluler, voilà la pire chose qui pourrait m'arriver. Je ne peux pas être fragile en maths, lâchée par deux meilleurs amis sur trois, célibataire et défigurée à la fois. Heureusement, ma daronne, parfois conne parfois baronne, obéit au signal.

En vérité Mélanie, ce n'est pas toi qui peux me sauver. J'aime quand ça frotte, quand les intervalles sont très proches et qu'on sent la note. C'est quand la musique est dissonante qu'elle devient intéressante. Ta partition est trop prévisible.

Le soir même, j'appelle Théo. Une heure plus tard il est chez moi. Je le préviens, c'est la dernière fois. Il en convient mais je vois bien qu'il ne me croit pas.

Le lendemain matin, l'air est gelé. Le lycée Sully s'est figé. Ses toits givrés semblent faits de sucre cristallisé. Muron, le prof de physique, a gardé son casque en acier trempé. Au tableau, il écrit un énoncé intitulé décollage de la fusée. Pour qu'elle décolle, la valeur de la force de la poussée doit être supérieure à son poids. S'ensuit une série de données. Combien de temps la fusée met-elle à s'élever ? Celui qui répond le premier sera récompensé. Affolée, je pique du nez et me mets à compter.

Au moment où je vais répondre, une minute et sept secondes, Lyna s'exclame, mais monsieur, c'est évident, elle ne décolle pas. Pour moi, c'est le trauma. Parce que moi non plus je ne décolle pas. Je ne décolle plus.

16

François, février 2019

« Ce monde est cruel, j'ai pas trouvé d'autre conclusion »
— Vald, « Ce monde est cruel » —

« C'est à vous, Maître. »

La jeune femme rousse se lève et pose ses fines mains sur le pupitre. Sa voix est douce et claire, mais peu assurée. S'il devait la décrire, François dirait qu'elle possède la coloration d'un bois léger, une flûte traversière, peut-être.

L'acte I de l'audience vient de commencer, la parole est à l'avocate de la plaignante. François cherche du regard son propre conseil, mais Maître Karevsky est en train de relire ses notes. Le cardiologue se perd dans la contemplation de la bibliothèque au fond de la pièce et se met à compter, un à un, de gauche à droite, puis de droite à gauche, les volumes rouges qui occupent les rayonnages de l'alcôve. Trente-cinq, il y en a trente-cinq. Pourquoi tant de codes pour une matière et une procédure uniquement fondées sur la question de la déontologie ? Son avocat lui a bien expliqué qu'il s'agit aujourd'hui de juger si ce qu'il a fait est, ou non, conforme à la pratique qui doit être la sienne, voilà tout. Or le code de déontologie médicale ne constitue qu'une petite partie du code de la santé publique. On le trouve au livre Ier, titre II, chapitre VII. Il n'occupe pas même un livre entier.

Alors, tous ces volumes, le décorum, sans doute.

François se sent très calme, presque trop. Plus de palpitations, plus de tremblements, le médicament fonctionne à merveille. Le bêta-bloquant ralentit le cœur en favorisant la diminution de ses contractions. Qu'on mesure son ECG à cet instant précis, et on obtiendrait une ligne amortie, répétitive, une partition apaisante, facile, à l'image du *Prélude en do majeur* de Bach. La sensation est très étrange, alors même que le moment tant redouté est arrivé.

« Monsieur le Président, mesdames et messieurs de la chambre disciplinaire, attaque l'avocate de Mélanie... Il s'agit ici de déterminer si, oui ou non, le docteur Hanner a manqué à son devoir déontologique en prescrivant de l'Antacné à Roxane Blanchard par téléphone, sans information ni surveillance adaptée. Sachant que les griefs principaux reprochés au docteur Hanner par la plaignante, Mme Fabre, sont, d'une part, d'avoir agi en dehors de sa sphère d'activité, et d'autre part, d'avoir prescrit à sa fille un médicament dont les liens avec des troubles psychiatriques sont avérés, nous allons démontrer que le docteur Hanner a violé les dispositions des articles R4127-70, sur la prescription dans un domaine qui dépasse les compétences, R4127-34, sur la clarté de la prescription, R4127-35, sur l'obligation d'information, et R4127-40, sur le risque injustifié. Mme Fabre estime que le suicide de sa fille est directement lié à la prise de l'Antacné. »

Tout ce qui est dit, tout ce dont il est accusé, François le sait déjà, il l'a lu de nombreuses fois, à chaque nouvelle version des mémoires échangés entre les deux avocats.

Et pourtant, ce mot, suicide, dans le cas de Roxane, il ne s'y fait pas. Quand il entend les termes défenestration, chute, précipitation, accident, il comprend leur sens. Se suicider, c'est l'acte de se tuer volontairement tout en ayant conscience du résultat : la mort. On peut croire vouloir mourir. Comment appelle-t-on cela ? Quel est le mot juste ? Ce n'est pas la même chose que se donner la mort volontairement, en toute conscience, dans une intention limpide, à soi-même claire. Bien sûr, il ne fait part à personne de ce questionnement intérieur, surtout pas à son avocat. Leur défense repose là-dessus : prouver que le suicide de Roxane n'est pas dû à la prise d'Antacné, qu'elle allait mal, si mal qu'elle s'est défenestrée en toute conscience.

Lui aussi a voulu en finir. S'il était allé au bout de son geste, Laurence l'aurait retrouvé un soir en rentrant du travail, allongé sur leur lit, sans vie, et à ce moment-là le mot de suicide aurait été parfaitement approprié.

François était au cabinet de Bois d'Arcy quand le coup de téléphone était arrivé. C'était une semaine après l'enterrement de Roxane, un mois après son décès. L'inhumation avait été retardée à cause de l'enquête policière. Il se souvient parfaitement de la date : le 19 février 2018. De l'heure : quinze heures. Et du patient qui se tenait face à lui : Marcel Hamon, quatre-vingt-dix ans, ponté, des allures de monument historique, maillot de corps découvrant de longs bras dégraissés, barbe blanche aussi douce que les poils d'un pinceau en soie de porc. M. Hamon était venu pour son contrôle annuel. «Justement je ne contrôle plus rien, hein, plus rien du tout, ce matin je me suis déclenché une crise de sciatique en voulant palper mon cor au pied, et avant-hier j'ai fait un magnifique salto arrière en voulant m'appuyer sur une barrière.»

Tout en l'écoutant, François prenait sa tension. Depuis un moment déjà, il sentait son téléphone biper dans la poche de sa blouse, mais il avait pour principe de ne jamais répondre pendant une consultation. «Vous êtes stressé, monsieur Hamon, je vous ai stressé? Vous avez dix-sept de tension, là, c'est un peu trop. On va la reprendre, tâchez de penser à des choses agréables, détendez-vous.» «Vous voulez que je me relaxe, docteur, mais plus personne n'y arrive aujourd'hui!» «Essayez quand même. Ah, c'est mieux, quatorze. Tout ça n'est pas si mal, mais vous avez du diabète.» «C'est injuste, docteur. Tous les après-midi, je me force à refuser la collation qu'on nous propose, à la résidence. Les petits gâteaux me passent sous le nez, c'est dur.»

François avait senti quelque chose lui piquer le nez, quelque chose qui avait à voir avec les beignets de Bintou et le Tchad de Daddy. Il n'était jamais retourné à N'Djamena, mais pendant dix ans, chaque printemps, il s'était envolé pour le Cameroun, s'installant deux semaines dans une clinique de Maroua, à l'extrême nord du pays, près de la frontière tchadienne, où il soignait bénévolement une trentaine de patients chaque jour. Il lui arrivait aussi de traiter leur peau, à la demande du directeur de la clinique qu'il avait connu lors de son stage en dermatologie, pendant son externat. Un Camerounais sur trois souffrait d'une maladie du derme. Après chaque journée de travail, à la tombée de la nuit, François flânait dans les faubourgs de la ville, à la recherche de ses sensations d'enfance : le parfum de l'argile fraîche, le mugissement aigu des bœufs, l'odeur du charbon de bois, le lent froissement des palmes vertes des bananiers, les caquètements rauques des sarcelles, le frottement du vent sur le sable. Maroua n'était qu'à six heures de voiture de N'Djamena. En juillet 2015, une jeune fille s'était approchée d'un bar du centre-ville et avait activé sa ceinture d'explosifs. Maroua avait basculé dans la guerre. Depuis, François n'était jamais reparti. Cette année, enfin, espérait-il, il retournerait au Cameroun. Il avait hâte.

M. Hamon était donc en train de se rhabiller, chemise rayée, cardigan gris, pantalon remonté dix bons centimètres au-dessus du nombril, quand Jacinthe, le visage défait, avait fait irruption dans la pièce, téléphone en main. « Docteur, vous ne répondez pas ! Il est arrivé quelque chose… » François avait tout de suite pensé à son fils, avant de se raviser : il était statistiquement improbable que Romain soit victime d'un accident mortel à son tour, un mois après celui de Roxane. C'était sûrement Laurence. Mieux valait Laurence que Romain. S'il arrivait quelque chose à Romain, il ne pourrait pas le supporter. Il en était là de ses réflexions quand Jacinthe lui avait collé de force le combiné contre l'oreille. Au début, il n'avait pas compris qui criait ainsi, il ne reconnaissait pas la voix. Et puis il avait réussi à déchiffrer ce qu'elle vociférait. « Roxane s'est suicidée à cause de toi ! Son dermato lui avait interdit le médicament, et tu le lui as prescrit quand même ! Tu l'as tuée ! »

Il ne voyait pas comment exprimer ce qu'il avait ressenti à ce moment-là, sauf à dire que le monde s'était changé en un désert de cendres. C'était donc cela, le vide absolu.

Il avait demandé à Jacinthe d'annuler le reste de ses rendez-vous et s'était retrouvé chez lui, à Noisy-le-Roi, à quatre heures de l'après-midi.

Assis sur le lit, il avait pesé le pour et le contre pendant des heures. Sa pensée s'était peu à peu parfaitement structurée. Ce n'était pas une pulsion. Il était calme, aussi calme que maintenant, assis au bord de sa chaise, dans la salle d'audience. Sa décision était prise. Il était allé chercher la boîte de valium que Laurence gardait dans l'armoire à pharmacie et avait compté les comprimés. Il s'était versé un verre d'eau dans la cuisine et avait regardé une dernière fois le saule pleureur qui se balançait derrière la vitre, puis il était remonté à l'étage.

Il s'était allongé sur le lit en prenant garde de ne pas froisser la couette, Laurence avait horreur de ça. Lui aussi, d'ailleurs. Ensuite, il ne savait pas pourquoi, aujourd'hui encore si on le lui demandait il ne pourrait répondre, il avait téléphoné à Blanchard.

« Justement, j'allais t'appeler. Mélanie a retrouvé ton ordonnance dans l'ordinateur de Roxane. Elle a pété les plombs. Elle s'est mis dans la tête que tu es coupable. Mais ne t'inquiète pas, ça va s'arranger. Ce n'est pas de ta faute. »

Si Cyril n'avait pas décroché, ce jour-là, François aurait avalé les médicaments.

Au fur et à mesure qu'elle avance dans sa plaidoirie, les joues de l'avocate rousse se piquent de petits boutons rouges, comme si sa peau mimait l'acné de Roxane.

« Mme Mélanie Fabre reproche au docteur Hanner, cardiologue, d'avoir agi en dehors de sa sphère d'activité. Le docteur Hanner n'est pas spécialisé en dermatologie et est contrevenu à l'article R.4127-70 du code de la santé publique en renouvelant sa prescription d'Antacné à Mlle Blanchard. L'article R.4127-70 du code de la santé publique dispose que tout médecin est, en principe, habilité à pratiquer tous les actes de diagnostic, de prévention et de traitement. Mais il ne doit pas, sauf circonstances exceptionnelles, entreprendre ou poursuivre des soins, ni formuler des prescriptions dans des domaines qui dépassent ses connaissances, son expérience et les moyens dont il dispose. En l'espèce, il ne s'agissait pas de circonstances exceptionnelles. Nous parlons d'une jeune fille mineure, souffrant d'une acné sévère mais dont la santé n'était pas en danger. Une jeune fille adolescente qui a menti à son père pour que celui-ci demande à son ami médecin de prescrire un médicament dont elle s'était vu refuser le renouvellement par son dermatologue. Et cela, jamais le docteur Hanner n'aurait dû y consentir, n'étant pas, lui-même, dermatologue. Il s'agit là, sans nul doute, d'un manquement grave aux obligations déontologiques du docteur Hanner, qui a fait preuve, pour le moins, de légèreté et d'imprudence. »

François serre les poings. C'est vrai. Il n'aurait pas dû accepter. Et s'il se levait brusquement et criait qu'il a eu tort, qu'il en est désolé ? Mais il pense à Laurence, à Romain. À Jérôme, qui a mis son activité entre parenthèses pour le défendre et dont les cernes goudronneux témoignent de la peine qu'il se donne pour l'aider. Il prend une longue inspiration et fixe le buste en plâtre d'Hippocrate, au milieu de l'alcôve. Il se revoit prononcer le serment. « Je ferai tout pour soulager les souffrances. » Il ne l'a jamais trahi.

« Mme Mélanie Fabre incrimine le docteur Hanner d'être contrevenu à l'article R.4127-40 du code de la santé publique disposant que le médecin doit s'interdire, dans les investigations et interventions qu'il pratique comme dans les thérapeutiques qu'il prescrit, de faire courir au patient un risque injustifié. Or, dès le début de la commercialisation de l'isotrétinoïne en 1982, des cas de graves troubles psychiatriques ont été décrits. La littérature internationale rapporte de nombreux cas de suicide chez des patients sous isotrétinoïne. Vous en trouverez des extraits dans la pièce n° 3 jointe au dossier. Quelques noms : Bart Stupak, 17 ans, fils de sénateur, se tire une balle dans la tête en 2000, aux États-Unis. En 2007, en France, Alexandre Voidey, 17 ans, se suicide par pendaison. En 2012, Guillaume Dauverte, 22 ans, précipite sa voiture contre un mur. En 2013, Jordan X, 22 ans, se pend lui aussi. Et la liste continue. Pourtant, Bart, Alexandre, Guillaume, Jordan étaient, comme Roxane, des jeunes gens équilibrés qui n'avaient aucun antécédent psychiatrique, aucune raison de mettre fin à leurs jours. Une étude suédoise publiée en 2010 dont vous avez accès aux détails en pièce n° 8 met en évidence un surrisque de tentative de suicide jusqu'à six mois après l'arrêt du médicament. Et nous avons également… »

La jeune avocate marque une pause.

« … certaines études animales qui montrent que l'administration d'isotrétinoïne à des souris induit des troubles du comportement via l'inhibition de la neurogenèse dans l'hippocampe. L'isotrétinoïne est un rétinoïde, lui-même dérivé de la vitamine A. Or, plusieurs explorateurs en Arctique ont expérimenté un syndrome d'hypervitaminose A après avoir ingéré du foie d'ours polaire, très riche en acide rétinoïque, lequel s'est traduit par une affection du système nerveux central. »

L'air brusquement soulagé, Jérôme donne un léger coup de coude à François pour attirer son attention. Il murmure, « t'inquiète pas, ça va aller ».

« Si M. Hanner, comme il le prétend, possède certaines connaissances en dermatologie, il ne pouvait ignorer l'existence de ces liens entre isotrétinoïne et troubles psychiatriques. Nous parlons d'un médicament qui ne peut être délivré sans suivi psychologique étroit et régulier, ce qui est évidemment irréalisable en une seule visioconférence de dix minutes. Cette forme de délivrance du médicament constitue une violation claire de l'article R.4127-34 du code de la santé publique, sur la prescription. De surcroît, le docteur Hanner a manqué à son devoir d'information, en violant l'article R.4127-35 du code de la santé publique, ne mettant pas Mlle Roxane Blanchard et son entourage en garde contre les effets secondaires du médicament Antacné. Il ne semble pas en effet que le docteur Hanner en ait averti la patiente ou sa famille. Certes, il est rapporté dans son audition, que vous trouverez en pièce n° 7, que le docteur Hanner a interrogé Roxane sur son humeur du moment et que celle-ci lui a déclaré se sentir, je cite, au top, surtout depuis que son acné avait régressé. Mais, en admettant que Roxane lui ait effectivement répondu cela, ce dont malheureusement nous ne pourrons jamais avoir la preuve, comment le docteur Hanner a-t-il pu accorder du crédit aux dires d'une adolescente prête à tout pour être jolie ? Il me paraît important de porter à votre connaissance un extrait de l'intervention de Roxane sur le forum Internet Adoacné, en pièce n° 8. Ces lignes montrent clairement dans quel état d'esprit elle se trouvait quelques jours avant le renouvellement du médicament par le docteur Hanner. Je cite, “ça ne va pas fort… j’ai une sensation de vide, de perte de contrôle, je n’ai plus goût à rien”. Roxane a écrit ces mots le 6 janvier 2017, moins d’une semaine avant que le docteur Hanner lui prescrive le médicament. Il semblerait donc que celui-ci n’ait pas été très perspicace… »

L’avocate de Mélanie s’avance vers le grand bureau derrière lequel siègent le président et les huit médecins. Elle leur distribue un paquet de feuilles polycopiées, prenant soin d’en garder deux, une pour Maître Karevsky et l’autre pour lui, François. Il n’a pas besoin de la lire pour savoir que ce qu’elle contient ne va pas lui plaire. Il le voit à l’affaissement des épaules de Jérôme.

« J’aimerais inclure, si vous le permettez, monsieur le Président, mesdames et messieurs de la chambre disciplinaire, une nouvelle pièce au dossier. Il s’agit de la déposition de Cyril Blanchard, le père de Roxane.

« M. Blanchard y indique ne pas se souvenir que le docteur Hanner l’ait prévenu des possibles effets secondaires de ce médicament, en particulier des troubles psychiatriques qu’il peut provoquer, auquel cas il n’aurait, je cite, évidemment pas accepté que sa fille poursuive le traitement. M. Blanchard regrette, je cite encore, la confiance absolue, aveugle, qu’il a toujours placée en son ami, François Hanner. »

En répondant à son appel, le 19 février 2018, Blanchard avait sauvé François. Par la suite, il n’avait plus donné signe de vie, ignorant ses messages, ses coups de fil et ceux de son avocat. Il ne s’était pas associé à la plainte de Mélanie.

Quatrième mouvement

17

François, février 2019

« De mon mieux, j'essaie de faire de mon mieux »
— Nekfeu, « De mon mieux » —

Après que le président du Conseil lui a demandé, « madame Fabre, souhaitez-vous dire quelques mots en complément ? », Mélanie acquiesce d'un bref hochement de tête et se lève avec difficulté.

Elle a tellement changé, pense François. Il lui trouvait du charme et de la vigueur, il appréciait son visage carré, empreint d'une forme de placidité séduisante, ses longs cheveux d'un blond cendré, épais comme du chanvre, sa silhouette de pilastre, le large dos de ses mains, aussi tacheté que le bois précieux des instruments à corde. L'écart prodigieux de ses doigts.

Il se souvient de la seule fois où il l'a enlacée. Il avait trouvé sa peau étonnamment douce, une peau de velours tiède. C'était il y a cinq ou six ans, à Sète, le soir de l'anniversaire de Blanchard. Celui-ci avait demandé à François et à Mélanie de jouer un morceau ensemble. Mélanie avait choisi la *Sonate opus 147* de Chostakovitch. Elle était vêtue d'une robe bustier blanche, malgré la fraîcheur de janvier. Debout, son alto en main, elle ressemblait à la Diane chasseresse. C'était, avait pensé François, le genre de femme sur laquelle on pouvait s'appuyer.

Un orage grondait. Au loin, des vagues furieuses déferlaient, leur cadence de plus en plus rapide, tandis qu'un ciel saturé projetait ses lumières stroboscopiques à travers la baie vitrée. Le courant avait coupé. À chaque éclair, Mélanie surgissait de l'ombre, phosphorescente. Le morceau attaquait par des pizzicatos arrachés. Archet en l'air, elle avait pincé les cordes pendant dix secondes exactement, avant que François ne se lance au piano. Encore dix secondes, et elle avait baissé son archet. Seul François avait entendu qu'elle fredonnait en même temps qu'elle jouait. Sa voix avait pris des inflexions sombres et gutturales. Son instrument se changeait tour à tour en violon et en violoncelle.

À l'inverse du pianiste, l'altiste fabrique sa note. Et ne dispose que d'une seule voix, au contraire du pianiste qui bénéficie d'une palette étendue de sons puisqu'il peut jouer dix notes en même temps. Chaque voix d'alto possède sa couleur. Le vibrato diffère selon l'émotion, le moment de la journée. Si le violon est une affaire de virtuosité, l'alto est une question de puissance. Il n'y a pas de muscles au bout des doigts, seul l'influx nerveux joue. Il faut savoir où aller chercher la force, elle ne se trouve pas toujours au même endroit. Mélanie savait.

À l'issue du concert, François l'avait félicitée, s'étonnant de sa tessiture mezzo-soprano. Après quelques instants de silence, la femme de Blanchard avait déclaré : « J'ai choisi l'alto et non pas le violon parce que le registre intermédiaire de l'alto est si proche de la voix humaine qu'il me permet de dire ce que je n'arrive pas à exprimer en parlant. »

Aujourd'hui, la mère de Roxane paraît terriblement maigre, si frêle qu'elle tient à peine sur ses jambes. Ses cheveux ont foncé. Noués à la hâte sur sa nuque, ils donnent l'illusion d'un nid d'anguilles. La douleur a détruit ses traits. Son visage s'est changé en masque mortuaire, peau de plâtre et cernes noirs. Ses mains décharnées agrippent la table devant elle.

« Roxane… »

Elle hésite, se racle la gorge avant de continuer. Sa voix est faible, presque inaudible.

« Roxane était une jeune fille exceptionnelle. Très en avance pour son âge. Elle se souciait des autres… Elle voulait toujours faire plaisir aux autres. Elle avait beaucoup d'amis. Je ne les connaissais pas tous, parce que nous habitons loin du lycée et que c'était plus souvent Roxane qui allait chez eux que l'inverse. Sauf Ferdinand, son meilleur copain. Ils avaient l'air de s'adorer, tous les deux. Ils n'arrêtaient pas de rire, de se moquer. Roxane passait sa vie avec lui. Plus qu'avec son petit ami. Jusqu'à la rentrée de janvier, elle sortait avec un garçon nommé Théo. Je ne crois pas que c'était sérieux. Je ne l'ai jamais rencontré, elle n'en parlait pas beaucoup. Chez nous, ça ne se fait pas de raconter nos histoires. Elle m'a seulement dit que c'était fini et qu'elle était mieux comme ça. Malheureusement, la plupart de ses amis n'ont pas pu venir à son enterrement parce qu'il avait lieu dans le Sud… »

Cyril n'avait pas laissé le choix à Mélanie. L'enterrement aurait lieu à Sète, dans l'église décanale

Saint-Louis, la plus haute de la ville, la plus ancienne, la plus imposante. Dans ses caveaux sont enterrés des centaines de Sétois, dont les ancêtres des Blanchard. C'est le domaine de la Vierge Regina Maris, la reine des mers, dont la statue noire de sept mètres trône au sommet du clocher et surplombe la Méditerranée. Elle veille depuis toujours sur les marins. Saint-Louis a toujours été associée aux grands événements de la vie sétoise. Quel autre endroit pour les obsèques de la dernière des Blanchard ?

Cyril avait également demandé à son ex-femme de s'occuper des fleurs et de la musique. Une dernière marque de son avarice, ou était-ce de l'emprise, François ne savait plus désormais.

Mélanie jouerait donc l'*Introitus* du requiem de Mozart, accompagnée des trois autres membres de son quatuor. Assise sur une chaise en bois près des tréteaux qui, dans quelques minutes, porteraient le cercueil de sa fille, elle était restée les yeux baissés, le visage grave et immobile, tandis que Blanchard, posté à l'entrée de l'église déjà pleine, accueillait leurs proches en souriant, les remerciant de leur présence, comme s'il se fût agi d'un mariage ou d'une soirée. Mais chacun vit son deuil comme il le peut et François ne se serait jamais permis de juger.

Ce jour-là, la mère de Roxane n'avait pas encore retrouvé l'ordonnance d'Antacné rédigée par François. Lui-même avait bien en tête les derniers instants où il avait été en contact avec la jeune fille, à distance, mais, bouleversé par l'annonce de son décès, il n'en avait rien dit. Il n'était pas encore accusé, et n'avait pas conscience d'avoir joué le moindre rôle dans le drame. Au contraire c'était lui, en sa qualité de médecin, que

Cyril avait appelé pour les rejoindre à l'hôpital le jour de la chute. Depuis cette horrible soirée, il ne pouvait penser à autre chose. Le visage de Roxane s'inscrivait sans cesse dans son esprit, occultant tout le reste.

Il avait pris place au troisième rang, du côté de la famille Blanchard. De dos, il avait reconnu un profil familier. Le père de Cyril était toujours en vie. Mais dans quel état. François s'était levé pour aller saluer le vieil homme qui ne l'avait pas reconnu. Recroquevillé au fond d'un fauteuil roulant, il n'était plus en mesure de mouvoir un seul membre, un seul trait de son visage, et dire que sa face secouée de tics l'épouvantait, enfant.

L'édifice sentait la pierre et la poussière. François avait regardé autour et au-dessus de lui, observé la nef unique sous la voûte sobre. Pas de bas-côtés, un petit transept et des chapelles qui ne communiquent pas entre elles, telles les cavités d'un cœur à l'arrêt, privé de sang.

Le quatuor s'était mis à jouer au moment où le cercueil avait franchi le seuil. Tous avaient retenu leur souffle car personne n'avait jamais vu une chose pareille. La bière était entièrement recouverte d'un immense buisson de lierre piqué de centaines de roses blanches, d'où s'échappaient des tiges, branches, lianes, tout un feuillage courant jusqu'au sol, au point que les visages des porteurs disparaissaient sous les limbes du lierre, sous les pétales des roses en mouvement. On aurait dit une créature sylvestre à douze pattes progressant en l'air. Rien de morbide dans cette apparition, rien de triste. Le corps de Roxane s'était métamorphosé en un gigantesque bouquet odorant, prêt à rejaillir de vitalité. Puisqu'elle ne pouvait plus être son enfant, Roxane serait l'arbuste de Mélanie, sa Daphné. Daphné changée en laurier pour échapper à l'amour fou d'Apollon, qui, dès lors, se met à vénérer l'arbuste.

Un autre mythe était venu à l'esprit de François, celui de *Tristan et Iseut*. Le poème médiéval raconte que de la tombe de Tristan «jaillit une ronce verte et feuillue, aux forts rameaux, aux fleurs odorantes», qui s'enfonce dans celle d'Iseut et réunit les deux amants. Il avait toujours imaginé qu'il s'agissait d'un rosier blanc.

Et la musique. Il n'avait jamais entendu une pareille interprétation de l'*Introitus*. Les premières mesures du violoncelle s'accordaient parfaitement avec les pas du buisson, de sorte que les fleurs semblaient se mouvoir sur les tonalités de Mozart. Les quatre concertistes avaient une façon si allègre de jouer le morceau qu'il en devenait presque gai. Et quand retentirent les notes aiguës des cordes, ce fut comme si Roxane dansait une dernière fois sur l'alto de sa mère. Il aurait pu jurer que, tout le temps que dura le morceau, le feuillage frissonnait.

Pourtant François préfère de loin le requiem de Saint-Saëns à celui de Mozart. Quand il l'écoute en fermant les yeux, c'est un ciel d'été en montagne qui apparaît. Un ciel énorme et vrombissant, traversé à toute vitesse de nuages en coton qui filent sans abîmer son émail bleu cobalt.

C'est à cela qu'il pense à l'instant: à la montagne en été. François croit en la montagne comme certains croient en Dieu. L'expérience qu'elle délivre est à la fois simple et risquée. La montagne n'est jamais injuste. Croire en Dieu se révèle bien trop compliqué pour François. Il n'y a pas de versant justice contre injustice quand on a la foi. François a fait un pas de côté, il est tombé dans le vide. Il a entraîné Roxane dans sa chute. Là réside l'injustice.

Petit à petit, il retrouve son calme, sa capacité de réflexion, sous l'effet du comprimé de bêta-bloquant. Il se répète ce que Jérôme et lui se sont dit la veille, au téléphone. L'audience doit servir à montrer comment le cerveau de Roxane a déraillé, quel a été le mécanisme qui l'a conduite à son passage à l'acte. Quand François avait déclaré à Karevsky qu'il était certain d'en être l'un des rouages, celui-ci l'avait interrompu. « Personne ne veut entendre ça. » Il lui avait raconté l'enterrement de Roxane. Jérôme en avait déduit que Mélanie avait submergé de fleurs le cercueil de sa fille pour ne pas avoir à le regarder, une façon d'escamoter sa mort. Elle ne pouvait pas faire face à la réalité de la disparition de sa fille, encore moins envisager d'en porter la moindre responsabilité. Elle était dans le déni, et il lui fallait un bouc émissaire. Jérôme avait averti François, à partir de maintenant, il lui faudrait se défendre, ne pas verser dans l'affectif, ne pas céder à la tentation de se flageller.

Il sent son cœur taper doucement, posément dans sa poitrine. En dessous de son rythme normal. C'est un bruit sourd, le bruit d'un tambour de deuil. Le sang s'écoule dans ses artères, la pompe est amorcée, la boule de chair crue se crispe lentement, et ça recommence. Pas le moindre signe d'accélération cardiaque. Sans médicament, son cœur aurait battu au rythme de la *Danse argentine* de Ginastera, dans l'emballement, certainement pas dans ce mouvement monotone et perpétuel.

Mélanie reprend d'un filet de voix.

« Je dois souvent m'absenter pour mon travail. Mais Roxane n'en souffrait pas. Elle comprenait que je sois obligée de partir gagner ma vie pour payer le crédit de la maison, les courses, enfin, tout, quoi. Elle me disait, mam's, tout va bien, je gère, t'inquiète. Elle a toujours été très indépendante. Elle détestait qu'on fasse les choses à sa place. Par exemple, elle ne m'a jamais laissée beurrer sa tartine... Roxane savait très bien faire la cuisine. D'ailleurs, quand nous étions toutes les deux, le soir, elle me proposait souvent de préparer le dîner. Sa spécialité, c'était les pâtes au citron... À la maison, elle ne s'isolait pas dans sa chambre. Elle m'accompagnait dans le salon ou la cuisine. Souvent, elle lisait ou travaillait pendant que je répétais. Elle me faisait des commentaires instructifs sur mon jeu, m'aidait à m'améliorer. Elle avait arrêté le violon mais gardait une excellente oreille. Bien sûr, nous n'avions pas les mêmes goûts musicaux. Elle adore... elle adorait le rap français. Et moi je trouve ça... vulgaire. Et puis je ne comprends pas tout ce qu'ils disent. Je suis dépassée. Ça doit être une question de génération. Mais depuis qu'elle... depuis qu'elle est partie, j'écoute ce qu'elle écoutait. Pour me sentir près d'elle. »

Maintenant, Mélanie pleure. Troublé, François détourne son regard. Il balaie des yeux les murs de la salle jusqu'à se dévisser la tête en direction de la porte de sortie. La jeune femme blonde a disparu. D'un geste, Jérôme Karevsky lui enjoint de ne pas bouger. L'avocat le lui a bien dit : montrer une grande attention, ne jamais tourner le dos à ses juges.

« Roxane était très bonne élève, poursuit Mélanie entre deux sanglots. Elle n'avait pas besoin de beaucoup travailler pour avoir d'excellentes notes. Elle a gagné tant de prix… Elle était très exigeante. Petite, elle déchirait ses dessins parce qu'elle ne les trouvait pas assez bien. J'étais très fière de ses résultats. Je ne lui disais pas trop pour ne pas qu'elle prenne la grosse tête mais j'en parlais à tous mes amis… Le monde est devenu tellement hostile. Je me disais qu'avec un bon diplôme elle aurait un bon métier et que je n'aurais plus à m'inquiéter… »

Mélanie s'interrompt pour saisir le verre d'eau posé devant elle. Tandis qu'elle boit, le juge et les huit médecins du Conseil restent immobiles, suspendus à ses paroles. La pause s'étire. Dans le tribunal, le silence est oppressant.

« Elle était si attentionnée. Je n'ai pas eu une vie facile. Roxane l'a toujours simplifiée. Bébé, elle a fait ses nuits au bout de six semaines. Elle pleurait peu. C'était une petite fille particulièrement obéissante. Elle ne faisait jamais de caprices. Elle était très câline, elle adorait danser. Je n'ai jamais eu besoin d'être sévère. En grandissant, Roxane a développé une faculté incroyable : celle de me rassurer. C'est la personne qui me comprenait le mieux. Je pouvais lui parler comme à une adulte, elle faisait des remarques tout à fait intéressantes pour une fille de son âge. Ne croyez pas que je lui racontais mes histoires de… Je l'ai déjà dit, dans la famille nous sommes pudiques. Non, j'évoquais mes doutes quant à ma musique, mes relations compliquées avec mes collègues et aussi mes soucis d'argent, mes problèmes de santé. J'ai une oreille faible, des acouphènes, c'est très handicapant pour une musicienne. Roxane était un vrai soutien pour moi, elle était capable de tout entendre. C'est moi qui n'entendais pas ce qu'elle me disait, parfois, à cause de mes problèmes d'audition… »

Jérôme Karevsky se passe la main sur le bas du visage, un signe d'agacement que François a appris à reconnaître.

Depuis le début de la procédure, et bien que sa propre fille n'ait que quatre ans, Karevsky s'érige en spécialiste de la parentalité. Il croit savoir ce qu'il faut dire et ne pas dire à un enfant, jusqu'à quel point son parent doit le soutenir, l'accompagner, l'écouter, le valoriser, exprimer la fierté qu'il lui inspire, ne jamais le juger, mais exercer sa vigilance permanente, il a son idée sur le dialogue qu'il est indispensable d'instaurer afin que la parole se substitue aux médicaments, aux drogues, au silence, à l'isolement, ces mots qu'il faut à tout prix tirer de l'adolescent, comme on extrait l'essence d'une fleur par macération, distillation, pression, peu importe du moment qu'elle jaillisse, car la souffrance doit suppurer pour être vue et soignée.

D'après Maître Karevsky, Mélanie n'a pas voulu voir ni entendre la douleur de sa fille. Elle a failli à son devoir.

François n'est pas du tout d'accord. Lui est convaincu que la mère de Roxane a fait de son mieux. Et il tient à ce que son conseil la respecte. Karevsky peut bien penser ce qu'il veut, il n'est pas question, et ils se sont bien mis d'accord là-dessus, que l'avocat insinue au cours de sa plaidoirie l'idée d'un défaut de parentalité. C'est la partition que François ne veut pas jouer. L'objet de l'audience n'est pas de déterminer si Mélanie Fabre a été une bonne mère ou non, mais d'établir si le docteur Hanner a été un bon médecin ou non. C'est-à-dire si, oui ou non, la prescription d'isotrétinoïne était justifiée. Lui non plus n'est pas le père idéal pour son fils, lui aussi fait ce qu'il peut. Parce qu'il sait ce qui est bien pour Romain. L'espace d'une seconde, une idée désagréable lui traverse l'esprit. Et s'il ne le savait pas ? Mais il la chasse aussitôt. Bien sûr qu'il sait.

Une autre pensée lui vient brusquement. Aussi incroyable, aussi fou que cela puisse paraître, il n'a jamais, pendant l'année qui s'est écoulée et malgré les heures passées chez son avocat à disséquer son dossier, fait le lien entre Roxane et Romain, entre la pression scolaire subie par l'une et les résultats médiocres de l'autre. L'évidence le frappe à présent et avec elle une nouvelle angoisse, plus terrible que toutes celles qui l'ont précédée. Et si Romain allait mal ? Il se rassure, les deux adolescents sont très différents. Roxane était fragile psychologiquement, alors que Romain n'est qu'un jeune garçon paresseux qu'il est nécessaire de stimuler, voilà tout. Il est en pleine forme, lui. Cela n'a rien à voir. Tout de même, les paroles de Christine Caron, ce matin, lui reviennent à l'esprit. « Le vide va se creuser entre ceux qui suivront et ceux qui n'y arriveront pas. La pression pour ceux-là sera insoutenable. »

Mélanie a séché ses larmes. Sa voix se fait sifflante. « Roxane n'a pas trop mal vécu notre divorce, hormis quelques épisodes anxieux. Elle nous a entendus nous disputer, mais ce n'est pas la seule enfant à avoir vécu une telle situation. Nous avons d'ailleurs consulté un psychologue qui nous a rassurés. Après le divorce, avec mon ex-mari, nous avons essayé tant bien que mal de maintenir des rapports cordiaux pour le bien-être de notre fille. De son côté, Roxane a toujours cherché à apaiser nos relations et, dans les moments où il était très difficile pour moi de parler à son père, il lui arrivait de faire l'intermédiaire. Je ne lui ai jamais dit que Cyril avait une maîtresse au moment de notre séparation. Pour la préserver. Maintenant Cyril et sa maîtresse vivent ensemble à Sète et Roxane les y rejoint un week-end sur deux. Les y rejoignait, pardon, je ne m'y fais pas. J'ai des troubles de la mémoire depuis... depuis l'accident. Ce que je veux dire, c'est qu'avant l'Antacné, tout allait très bien. Roxane allait très bien. Elle était pleine de projets d'avenir. Elle ne se droguait pas, elle ne buvait pas, elle faisait du sport. Mais dès qu'elle a commencé à prendre le médicament, j'ai senti qu'elle devenait bizarre... agressive... Son dermatologue nous avait alertées sur les effets secondaires de l'isotrétinoïne, alors dès le deuxième rendez-vous je lui ai rapporté ce que j'avais observé. Mais Roxane a réussi à le convaincre que ce n'était qu'une impression. Au troisième rendez-vous, il m'a enfin écoutée. Je lui ai montré ce que Roxane avait écrit sur un forum Internet. En conséquence de quoi il a refusé de lui renouveler son ordonnance. Roxane s'est mise dans une rage... Il a tenu bon. C'est un médecin courageux. Si j'avais pu imaginer qu'elle irait demander à l'ami de son père de lui faire une ordonnance... Le docteur Hanner est un ami d'enfance de mon ex-mari. Je le connais mal. Nous ne le voyions qu'une fois l'an, pour l'anniversaire de Cyril à Sète. Je n'ai jamais compris pourquoi Cyril continuait à l'inviter et surtout pourquoi François continuait à venir. De même que mon ex-mari, le docteur Hanner est un musicien raté. Et comme lui, c'est un homme frustré. Ces gens-là détruisent tout autour d'eux. »

Jérôme Karevsky intervient.

« Monsieur le Président, mesdames et messieurs de la chambre disciplinaire, nous sommes tous respectueux de la douleur de Mme Fabre, mais peut-on lui demander de s'en tenir aux faits, uniquement aux faits ?

– Mais ce sont les faits. François Hanner a tué ma fille en lui prescrivant l'Antacné ! »

Hors d'elle, Mélanie se tourne vers François.

« Tu la connaissais à peine. Tu lui as fait l'ordonnance par Facetime en cinq minutes. Tu as pris le risque de lui procurer un médicament dont tous les médecins savent qu'il est potentiellement dangereux. De quel droit ? Tu es cardiologue, pas dermatologue, bon sang ! J'aimerais bien savoir si tu aurais donné ce médicament à ton fils, s'il te l'avait réclamé. Je parie que non. Sans ton intervention, Roxane serait encore en vie aujourd'hui. C'est la dose d'Antacné de trop qui l'a fait disjoncter. En trois jours, tout a basculé ! »

Haletante, elle s'adresse de nouveau au Conseil.

« François Hanner est l'unique responsable. Roxane n'a jamais eu l'intention de se donner la mort. Je le sais. Elle avait regardé une série américaine sur le suicide et nous en avions parlé après. Elle m'avait dit que ça ne pourrait jamais lui arriver. Elle avait tout pour être heureuse. Chaque nuit, je la revois en rêve, en train de danser, de rire. Et chaque matin, je revis la même scène, le téléphone qui sonne et ma vie qui s'arrête. Plus rien n'a de sens. Je ne peux pas laisser ma fille morte comme ça, pour rien, sans personne qui paie. Le docteur Hanner doit payer. Il ne peut pas continuer à ouvrir son cabinet tous les matins comme si rien ne s'était passé. Sous prétexte d'aider, sous couvert d'empathie, il se croit tout permis. C'est un apprenti sorcier. Je vous en supplie, faites au moins que la mort de Roxane serve à quelque chose. »

18

François, février 2019

« Et les jeunes sont saoulés, salis sous le silence »
— Suprême NTM, « Laisse pas traîner ton fils » —

« La parole est à la défense. »

Jérôme se tient les mains jointes, l'air pénétré, les lèvres retroussées, l'œil brûlant. Un être hybride prêt à attaquer.

François n'a jamais entendu Karevsky plaider. Il ne sait pas très bien à quoi s'attendre. Laurence lui a promis qu'il était excellent. Hormis leur première rencontre à Noisy, toutes leurs réunions de travail se sont tenues dans son cabinet parisien, une petite pièce décorée d'animaux empaillés. Pour l'essentiel, Jérôme lui a posé des questions de sa voix nasillarde, auxquelles François s'est efforcé de répondre le plus honnêtement possible.

Il ne reconnaît pas le timbre chaleureux et enjôleur qui, à l'instant, s'est mis à emplir l'espace de la salle d'audience. Il est subjugué et aussi, pour une raison qu'il ne parvient pas à comprendre, horrifié.

« Merci monsieur le Président, mesdames et messieurs de la chambre disciplinaire. Je tiens tout d'abord à exprimer ma plus sincère compassion à Mme Fabre. La perte d'un enfant est sans nul doute l'épreuve la plus dure que nous puissions avoir à affronter, nous autres pauvres humains. Oui, ce qui est arrivé est tragique. Tragique pour l'enfant. Tragique pour le parent. Et tragique pour le médecin. Le docteur Hanner est une victime collatérale de ce drame. Outre l'accusation dont il fait l'objet et qui le dévaste, il est évidemment très perturbé par le suicide d'une jeune fille à qui il n'a fait que rendre service, avec beaucoup de cœur, tout en respectant la loi française et le code de déontologie. Malgré le talent de ma consœur, sauf à prétendre que nous versions dans le syndrome du bouc émissaire ou dans la stratégie judiciaire, je ne vois pas concrètement ce qui lui est reproché. Le docteur Hanner n'a, à aucun moment, manqué à son devoir. Revenons donc aux accusations de Mme Fabre. Il est reproché au docteur Hanner d'avoir agi en dehors de sa sphère d'activité. Certes, ainsi que l'a souligné ma consœur, le docteur Hanner est spécialisé en cardiologie, pas en dermatologie. Néanmoins, comme il a été, au demeurant, mentionné, l'article R.4127-70 du code de la santé publique dispose que tout médecin est, en principe, habilité à pratiquer tous les actes de diagnostic, de prévention et de traitement. Compte tenu de son caractère tératogène, l'Agence nationale de la sécurité du médicament a, en 2015, décidé de restreindre la prescription initiale de l'isotrétinoïne orale aux seuls dermatologues. Toutefois, les renouvellements de prescription peuvent être effectués par tout médecin. Ce qui est exactement le cas de figure dans lequel nous

nous trouvons. Le docteur Hanner n'a fait que renouveler la prescription d'Antacné, ce qui est son droit élémentaire en tant que médecin. »

Depuis quelques minutes, depuis que Jérôme a pris la parole, François se trouve en proie à une sensation étrange, comparable à un flottement. Sa tête s'est mise à tourner. Les mots de l'avocat claquent dans l'air les uns après les autres. Il a la plus grande difficulté à se concentrer, alors même qu'il devrait être en train de vivre le moment présent, l'un des plus décisifs de sa vie. Il a l'impression que son cœur bat en dehors de son corps, telle une pile sortie des entrailles d'un ours en peluche.

« Par ailleurs, François Hanner possède des connaissances avérées en dermatologie, puisque cette spécialisation était celle à laquelle il se destinait en débutant ses études de médecine et qu'il a, comme vous le verrez en annexe n° 2, effectué deux stages dans le service du professeur Fernandez à l'hôpital Saint-Louis, à Paris. En outre, le docteur Hanner a, tout au long de sa carrière de cardiologue, continué de s'informer des avancées médicales dans le domaine de la dermatologie, qui lui ont permis d'offrir des soins dermatologiques en complément des soins cardiologiques qu'il a bénévolement prodigués à Maroua, au Cameroun, et ce à la demande du directeur de la clinique où il avait effectué une vacation annuelle. Lisez donc les témoignages de ses confrères hospitaliers en annexe n° 1, vous verrez à quel point c'est un médecin respecté par ses pairs camerounais et internationaux. Intègre, irréprochable, incorruptible, ordonné, minutieux, scrupuleux jusqu'à l'ennui. Un portrait qui ne correspond pas à celui de l'homme que Mme Fabre dépeint. Comment l'avez-vous appelé, madame ? Ah oui, un apprenti sorcier ! »

François presse la pulpe de ses doigts sur la face interne de son poignet. Il cherche son pouls. Le signal est faible. Son cœur continue de ralentir. La bradycardie fait partie des effets indésirables des bêta-bloquants. Elle peut provoquer un évanouissement. Ce n'est pas grave et cela va passer. Il n'est pas question que l'audience s'interrompe à nouveau, par sa faute cette fois. Il faut en finir, il n'en peut plus. Il attrape la bouteille d'eau en plastique posée devant lui et en boit le contenu à grandes goulées avant de se passer la main sur le front et la nuque. Pendant ce temps, Jérôme poursuit sa plaidoirie comme si de rien n'était, comme si François n'était pas en train de défaillir à côté de lui. Laurence avait raison, il est très fort.

« Le docteur Hanner n'a, en aucune façon, formulé une prescription qui dépassait son expérience ou ses connaissances. Il lui est reproché d'avoir fait courir à la jeune Roxane Blanchard un risque injustifié. Mais l'isotrétinoïne est un médicament qui lui est familier, qu'il connaît bien, et dont, contrairement à ce que prétend ma consœur, les liens avec certaines complications psychiatriques sont loin d'être avérés. Tout suicide possède de nombreux déterminants. Il y a toujours pluri-causalité. En elle-même, la période de l'adolescence est une période de fragilité, une période à risques de troubles mentaux. Le suicide est la deuxième cause de mortalité chez les 15-24 ans, après les accidents de la route, avec une prépondérance féminine. L'adolescent est plus impulsif que l'adulte. Les zones préfrontales de son cerveau ne sont pas encore matures. Son désir doit être immédiatement satisfait. Il éprouve de la difficulté à différer un comportement. Il risque donc davantage de passer à l'acte. »

L'avocat s'interrompt un instant. Un trait ambigu se dessine sur ses lèvres.

« Ma consœur a cru opportun de nous lire quelques passages des écrits de Roxane sur le forum Antacné. En l'espèce, elle prend le problème de l'isotrétinoïne à l'envers. Les sensations que la jeune fille décrit sont celles communément associées à la dépression. La Société française de dermatologie elle-même a constaté que le risque de dépression est plus élevé chez les adolescents présentant une acné. Une étude de 2011, dont vous prendrez connaissance en annexe 4, rapporte que les filles présentant une acné modérée à sévère ont deux fois plus fréquemment des idées suicidaires que celles sans acné ou avec une acné minime. Enfin, dans un dossier thématique du Conseil de coordination en dermatologie, dont un extrait figure en annexe n° 4, le professeur Wolkenstein observe que le taux de suicide sous isotrétinoïne est beaucoup plus faible que dans une population identique non traitée. De toute évidence, l'acné a un retentissement psychologique majeur, elle impacte l'estime de soi, la qualité de vie, elle crée des cicatrices indélébiles. Un adolescent excessivement acnéique pâtit de son image et des remarques verbales qu'il subit. La plupart du temps, il ne parvient même plus à regarder les autres dans les yeux. Quand on est médecin, on ne peut que vouloir soulager sa souffrance en le soignant avec un médicament approprié, dont on sait qu'il fonctionne. Comment ne pas prendre en compte aussi le bénéfice psychologique du traitement ? »

L'image de Romain apeuré dans le bureau de la conseillère ressurgit dans l'esprit de François. Il prend conscience qu'il n'a pas demandé à son fils, tout à l'heure, comment il se sentait. Après le rendez-vous, il était lui-même en proie à un tel tourment qu'il n'y a pas pensé. Il s'est contenté d'une légère tape sur son épaule pour lui dire au revoir. À qui se confie Romain quand il a de la peine ?

François pose la main sur son cœur. Il ne sent plus rien. Il fait discrètement signe au greffier afin que celui-ci lui apporte une deuxième bouteille d'eau, qu'il s'empresse de vider. Cette fois, Jérôme lui adresse un coup d'œil appuyé pour le rappeler à l'ordre : ne jamais avoir l'air coupable. François se redresse. Peu à peu, la sensation de vertige s'estompe.

« Ma consœur a évoqué, entre autres, le suicide du jeune Bart Stupak en 2000, dont le père a rendu responsable l'isotrétinoïne. C'est justement la médiatisation de ce drame par une personnalité politique américaine en vue qui a déclenché l'hostilité généralisée contre la molécule. Alors que, ainsi que le souligne le professeur Brizet, psychiatre, dont on trouve l'attestation en annexe n° 6, aucun suicide n'a jamais pu être rapporté à un effet dépressogène de l'isotrétinoïne. En effet, selon l'ANSM, les études publiées n'ont pas permis à ce jour de démontrer la moindre association entre la dépression et la prise d'isotrétinoïne. L'analyse en annexe 5, réalisée en 2005 au niveau européen sur l'ensemble des données disponibles, données animales, données issues des essais cliniques et données recueillies depuis la commercialisation, va dans ce sens. Et ce malgré... l'ingestion de foie d'ours polaire par de malheureux explorateurs, une affaire qui semble vous avoir vivement impressionnée, Maître. Soyons sérieux ! »

Jérôme laisse échapper un sourire qui glace le sang de François.

« Il convient de ne pas être dupe des acrobaties du conseil de Mme Fabre quand elle prétend que le docteur Hanner aurait manqué à son devoir d'information en omettant de mettre en garde Mlle Roxane Blanchard et son entourage contre les effets secondaires de l'Antacné, lorsqu'il lui a renouvelé son ordonnance en janvier 2018. Une petite précision factuelle s'impose au sujet de ce mot, “renouveler”. Permettez-moi de vous rappeler, monsieur le Président, mesdames et messieurs de la chambre disciplinaire, que la jeune Roxane a prétendu avoir oublié son ordonnance à Paris. Ce qu'elle demandait au docteur François Hanner, en qualité d'ami de son père, n'était pas un renouvellement de son ordonnance d'Antacné, mais le duplicata de l'ordonnance oubliée, afin, a-t-elle affirmé, de ne pas interrompre la prise du médicament. C'est le docteur Alain Veil, dermatologue à Paris, qui a initié le traitement de Roxane, en novembre 2017. Le docteur Veil a été auditionné et son témoignage se trouve en annexe 9. Il certifie avoir, je cite, alerté la jeune fille et sa mère sur l'ensemble des potentiels effets indésirables de l'Antacné, y compris les troubles psychologiques. C'est lui qui a décidé d'interrompre le traitement au bout de deux mois, lors du troisième rendez-vous, je cite encore, parce que Roxane semblait très agitée et qu'il subissait la pression de la mère de la patiente, très inquiète pour sa fille. Mlle Roxane Blanchard et Mme Mélanie Fabre étaient donc parfaitement au courant des risques encourus, en admettant qu'ils existent, ce dont nous n'avons pas la certitude, comme nous l'avons établi tout à l'heure.

« Quant au nouveau témoignage de M. Blanchard, revenons aux faits. Lors de la visioconférence qui lui a été demandée, on peut même dire imposée le 12 janvier

2018 à dix-neuf heures, alors qu'il était en pleine consultation à son cabinet de Bois d'Arcy, le docteur Hanner a bel et bien rappelé au père de Roxane les effets secondaires possibles de l'Antacné. En France, l'isotrétinoïne fait l'objet d'un dispositif renforcé de pharmacovigilance depuis 1995. Les mises en garde sur les précautions d'emploi en cas de dépression et tentatives de suicide ont été renforcées et la liste des effets indésirables a été complétée dans la notice destinée au patient. Le docteur Hanner a expressément demandé à Cyril Blanchard et à Roxane s'ils avaient bien pris connaissance de cette notice. Ils ont tous deux répondu par l'affirmative. Et maintenant M. Blanchard prétend ne pas s'en souvenir ! Le docteur Hanner n'est pas sans ignorer que l'Afssaps, dans le cadre du principe de précaution, préconise une vigilance particulière vis-à-vis des patients présentant des antécédents psychiatriques, et l'arrêt précoce de l'isotrétinoïne en cas de signes évocateurs de dépression. Dans le doute, il a pris soin de s'enquérir de la santé mentale de Roxane en posant les questions de rigueur. Il a demandé à son père si elle avait déjà souffert par le passé de déprime. M. Blanchard a répondu par la négative. Mais cela non plus, il dit ne pas s'en rappeler. En outre, le docteur Hanner a exigé de Roxane qu'elle lui envoie ses dernières analyses de sang, afin de s'assurer qu'elle n'était pas enceinte. Il a donc respecté à la lettre toutes les recommandations de l'ANSM. »

Soudain, l'estomac de François se contracte. Et si Romain allait mal et qu'il ne l'avait pas vu ? Son fils semble tellement heureux quand ses résultats scolaires s'améliorent. Son visage s'illumine. Se pourrait-il que l'allégresse que témoigne Romain provienne uniquement de la satisfaction qu'il procure à son père ?

« Alors quoi ? Le docteur Hanner aurait-il dû mettre en doute la parole de son ami d'enfance quand il lui assurait que sa fille était, je cite, très en forme, normale, et aussi celle de Roxane, quand il lui a demandé comment elle se sentait psychologiquement et qu'elle a répondu, comme l'a plus tôt rapporté ma consœur, au top ? Aurait-il dû présupposer que Roxane mentait ? Aurait-il dû vérifier que le docteur Alain Veil était en congés ? Aurait-il dû contacter Mélanie Fabre pour s'assurer qu'elle était bien en déplacement ? On peut continuer ainsi, trouver d'autres boucs émissaires… Le docteur Veil n'aurait-il pas dû traiter Roxane aux antibiotiques dans un premier temps et n'utiliser l'Antacné qu'en dernier recours, comme le recommande l'Afssaps ? Quant à l'enseignante en mathématiques que Roxane qualifie, je cite, de salope sur ce forum, n'est-elle pas responsable de la déprime de son élève ? Tant qu'on y est, on pourrait reprocher à Mme Fabre d'être une mauvaise mère ! Après tout, elle semble n'avoir pas pris conscience de la déprime de sa fille. Et Cyril Blanchard ? Le père de Roxane a cru tout ce qu'elle lui disait sans chercher à en savoir plus, sans, lui non plus, s'apercevoir de son mal-être. N'est-il pas, lui aussi, coupable ? Les parents de la jeune fille ne sont-ils pas passés à côté de son drame intérieur ?

« En vérité, aucun de ces reproches n'est fondé. Roxane souffrait d'une anxiété de la performance. La réussite scolaire semble être le modèle familial des Blanchard et la jeune fille tentait désespérément de s'y conformer. Ses notes de mathématiques baissaient, compromettant l'excellence de son dossier et d'après elle, sa future entrée en prépa scientifique. Roxane mettait la barre très haut et n'a pas supporté la perspective de l'échec. Faut-il rappeler qu'elle s'est donné la mort la veille du bac blanc de mathématiques? Selon une récente étude du *Lancet Psychiatry*, 27 % des suicides des jeunes sont liés au stress scolaire. Rendez-vous compte, monsieur le Président, mesdames et messieurs de la chambre disciplinaire, 27 % ! C'est énorme ! »

Jérôme a calculé son effet. Il brandit une pile de feuilles sous le nez des médecins. Des riffs plein les cordes vocales, il les prend à partie.

« J'ai, moi aussi, une ultime pièce à verser au dossier. Voici le courrier électronique que Mme Sylvie Chareau, professeur de mathématiques et professeur principale de la classe de première S3 au lycée Sully, a envoyé à Mélanie Fabre et Cyril Blanchard le 21 décembre 2017, à la veille des vacances de Noël. Dans ce courrier, elle cherche à avertir les parents de Roxane du mal-être de leur fille, qu'elle trouve, je cite, anormalement angoissée au vu de ses résultats qui, sans être extraordinaires, sont tout à fait corrects. Mme Chareau s'inquiète pour son élève et suggère aux parents de lui procurer un soutien psychologique au plus vite. Malheureusement, cet email ne leur est jamais parvenu, ni à l'un, ni à l'autre. Roxane avait renseigné sa fiche en modifiant les adresses électroniques de ses parents afin que les éventuels messages ne leur parviennent pas. Elle avait également changé les codes d'accès à Pronote deux mois avant sa disparition pour que sa mère ne puisse plus consulter le logiciel de notation. Pourquoi a-t-elle fait tout cela? Roxane avait toujours été tête de classe. De nos jours, les parents sont de plus en plus obsédés par la réussite scolaire de leur enfant. Si celui-ci dort mal, ne mange plus ou s'enferme dans sa chambre, c'est moins grave qu'un mauvais bulletin ! Alors, Roxane avait-elle peur des réactions de Mélanie Fabre et de Cyril Blanchard en cas d'échec scolaire, un échec relatif, bien évidemment ? Nous ne le saurons jamais. Ce qui est certain, c'est que cette jeune fille a subi une pression insoutenable. Ses parents n'ont pas pris conscience de sa souffrance car elle a pris toutes les précautions possibles pour leur cacher la légère baisse de ses résultats. »

Une « pression insoutenable ». Ce sont les mots exacts de Christine Caron. François tressaille de nouveau, assailli par la vision de Romain sautant dans le vide, du corps de son fils tombant et tourbillonnant à côté de celui de Roxane. Son cœur s'accélère, puis ralentit de nouveau. Il entend battre ses artères. Elles pulsent de façon anarchique. Son cœur tape par à-coups, dans sa gorge, dans ses cuisses, dans son cou, comme un marteau lancé au hasard sur sa peau.

« Dans ce monde où les adolescents font face à une crise écologique, au terrorisme, à la menace du chômage, à la virtualisation du lien social, à la fragilisation du concept de métier, à la mondialisation, au consumérisme, dans ce monde où les jeunes ont peur pour leur avenir, où il leur devient de plus en plus difficile de se projeter, vous ajoutez à la pression scolaire de Roxane une fragilité due à une acné sévère, l'absence, malgré eux, de ses parents, l'humiliation d'une prof de maths et, possiblement, une histoire d'amour qui ne se passe pas comme prévu, et vous avez, par un enchaînement malheureux de circonstances, une bombe à retardement. Le docteur Hanner n'a absolument rien à voir là-dedans. »

19

Roxane, décembre 2017

« J'ai la tête tellement lourde, j'aimerais faire le vide »
— Gringe, « Enfant lune » —

J'ai pris un coup de soleil sur le nez et j'ai la haine : j'ai l'air d'un clown, la tête de Rudolph le renne. Le docteur Veil m'avait alertée mais je ne l'ai pas écouté. J'aime trop m'exposer. Je ne pensais pas qu'à Noël, à Sète, on puisse mettre sa peau en danger.

Saviez-vous qu'un coup de soleil ce sont des cellules suicidées ?

La toile blanche du parasol se transforme en écran sur lequel j'observe la piscine mouvante se refléter, les branches des pins composer des coraux sous-marins. On dirait de l'art cinétique. Je pourrais rester des heures à chiller devant ce spectacle hypnotique. Le tempo de l'eau lave mon cerveau. Mais au bout d'un certain temps je me mets à penser à la suite de Fibonacci qui produit des cercles concentriques. Je suis matrix par les mathématiques.

En ce moment je me sens si fatiguée que seule la position allongée me satisfait. J'ai mal aux jambes, aux tendons, aux articulations. Depuis mon transat, j'observe le ciel passer du bleu à l'abricot et, au-dessus de moi, un arbre prendre la forme d'un présentoir à gâteaux. Soudain j'ai envie de meringue et de pain. J'avais presque oublié la sensation de faim.

On se croirait en juin : les températures battent des records. Si Rose était là, elle hurlerait si fort, qu'est-ce qu'on attend pour sauver la planète, avec les deux ou trois mois qu'il nous reste ? Je l'avais invitée mais elle a préféré partir avec sa mif à la montagne pour les vacances. Trop de chance. Moi je n'ai jamais été au ski. Mélanie n'a pas appris et Cyril clame qu'il préfère la mer. En vérité mon père pratique seulement les sports qu'il sait bien faire. Il aime briller impressionner fasciner.

J'ai voulu échanger avec lui au sujet de l'écologie mais il a veski. Il a dit, très peu pour moi la vie à reculons, comme au dix-neuvième siècle, moi j'aime le béton et les avions, ta petite Suédoise me fout les jetons.

De toute façon nous n'avons fait que nous croiser. À peine arrivée, Cyril m'a appris qu'il partait. Askip, Manon a gagné un séjour quatre étoiles pour deux à l'île Maurice bientôt périmé. Pas d'autre choix que d'y aller avant la fin de l'année. Il s'est excusé à moitié, ma poulette, je te verrai à mon anniversaire, en plus je viens quelques jours à Paris à la mi-janvier. Et, a-t-il ajouté, ça va te plaire, car tu ne seras pas seule à la maison, Claire a accepté de venir à la demande de Manon. Elle s'occupera de toi comme une grande sœur. Quand mon père m'a annoncé ça, mon cœur a été essoré comme un torchon mouillé.

Cyril m'appelle ma poule ma poulette ma dinde mon canard ma caille. J'aurais voulu être sa princesse, son phare, sa bataille. Pas sa volaille.

Attention, je ne suis pas jalouse, mais quand je vois Cyril Manon et Claire, je tremble de peur devant cet ensemble gracieux, ce pas de trois dont je ne suis pas.

Avant de partir, Cyril me houspille, je te trouve un peu ramollo depuis que tu es arrivée, tu continues bien de courir, au moins ? C'est bon pour le corps et la tête, hein ? Et tes notes, ça tient ? Tu ne m'as pas envoyé tes derniers résultats. Perds pas de vue la prépa, c'est ta ligne de crête à toi !

Manon soupire, laisse-la, Roxane, on est fiers de toi. Je ne réponds pas. Je ne dis pas que je ne peux plus courir à cause des effets secondaires, des douleurs musculo-articulaires. Dans le doute, je ne peux pas prendre le risque que mon père m'oblige à arrêter l'Antacné.

Mais Cyril a déjà quitté la pièce. Il déteste la paresse la mollesse la faiblesse. S'il savait… Le bulletin du premier trimestre est tombé. Mes darons croient qu'ils ne le recevront qu'en janvier. Entre le trimestre, le semestre et le mi-semestre, je les ai embrouillés. Mélanie ignore que je subtilise le courrier. Tant pis pour elle, ma daronne n'a qu'à être à la maison. Dans son métier, la période de Noël est la plus chargée. L'anniversaire du petit Jésus donne aux gens l'envie d'écouter du Corelli du Lully du Vivaldi. De la lumière dans leur nuit.

Quant à mon père, il vivrait toute baisse de niveau, même ponctuelle, comme un outrage à ses capacités personnelles.

Donc, bilan final, quatorze de moyenne, huitième au classement général. Pas de quoi frimer mais pas de quoi non plus déprimer. Enfin ça, c'est ce qu'en pense

Rose. Elle-même est neuvième. On a le seum, on s'est toutes les deux fait dépasser cette année. Par Prosper par Anna par Oscar par Marius par Félix par Victoire. Et par Lyna. Malgré son histoire d'amour, elle ne faiblit pas. Et même, elle tire Ferdi vers le haut. Il finit dixième ce débile, trankil. J'ai honte de penser ça mais j'aurais préféré qu'il l'entraîne vers le bas.

Rose se balec d'être neuvième. Elle dit, au pire j'irai à la faculté de Brest passer le concours de la PACES. Elle veut faire médecine. Mais moi, miskine, si je ne me reprends pas, je peux dire adieu à la prépa.

L'avez-vous deviné ? Ce sont les maths qui m'ont entraînée vers le fond. Tel un navigateur envoûté par son chant stygien, je me suis fracassée sur Chareau avide de sang chaud. J'ai fait le bilan. Sans mon douze en maths, j'aurais eu dix-sept de moyenne, largement. J'ai réussi à remonter mes notes de physique, de français, d'histoire. Mais les maths, c'est le bazar. Une aria impossible à chanter. Le coefficient neuf ne pardonne jamais.

Les bacs blancs auront lieu la deuxième semaine de janvier. Ensuite les résultats seront réintégrés, les mayonnaises réarrangées, le second trimestre bouclé. Il n'y aura pas de retour en arrière.

Le bac blanc de maths, mon ultime chance, ma dernière danse.

Et maintenant Claire est là. Yeux bleus, cheveux blonds, hanches étroites, courbes ondoyantes, peau mordorée. Un mètre soixante-dix de sensualité. Elle entre dans une pièce et l'air se charge d'électricité. À côté, je me sens grande délavée dégingandée. Je n'ai jamais su où mettre mes mains ni que faire de mes pieds.

Je tiens ça de ma mère. Privée de son alto, Mélanie a l'air d'un tronc coupé.

Claire coche toutes les cases, le bac la prépa le concours d'entrée. Elle vise le Master Polytechnique-HEC. Elle a toutes les chances d'y être acceptée. Claire a réussi là où je m'apprête à échouer.

En fin de journée, nous descendons nous balader sur les quais. Le canal se froisse d'une dentelle bleutée. Le vent tend les voiles des bateaux amarrés près de la Criée. Les mouettes braillent de leur cri acharné.

Au loin, la mer se pare de taches incandescentes, flaques oblongues de lumière que le soleil déclinant semble avoir versées. Au centre du manteau tigré, un couloir de brume argentée s'est formé, comme une faille, une ouverture. J'aimerais y plonger, y nager et y disparaître, sirène changée en écume.

L'accent chantant des gens flotte dans l'air, ça gueule et ça pègue. Claire m'offre une glace au miel de bruyère. Elle trouve que j'ai maigri et dit, je m'en vais te bourrer de moules farcies, de macaronade, de brasucade, de frescati, t'emmener aux Demoiselles Dupuy. Je souris, mais rien que d'y penser j'ai l'estomac en torsade. La sensation de faim était revenue mais elle a disparu. Je me force à lécher le cornet.

En ce moment, c'est comme si deux voix se superposaient en moi, deux personnalités. L'ancienne et la nouvelle. L'ancienne est familière mais atténuée. La nouvelle plus affirmée mais difficile à apprivoiser. Dans ma tête se joue un contrepoint compliqué. Ce n'est pas l'effet de l'Antacné. Enfin, je crois. J'ai déjà expérimenté cette sensation-là. Je vais bien, hein, je n'entends pas vraiment des voix ! C'est juste que j'ai trop de choses à dire et personne pour m'écouter. Pas de frère ni de sœur, je suis seule à en crever. Vous me direz que je pourrais me confier à ma mère. Mais, si j'y parvenais, Mélanie paniquerait et je ne suis pas sûre que ça m'aiderait. Je suis son arc son étai sa potence. Qu'on m'enlève et elle s'écroulerait.

Je marche dans un silence de poisson mort. Le vent charrie une odeur douceâtre provenant des énormes thoniers amarrés au port, et je pense à ce qui sort de la mer, à ce qui paraît frais et naturel et se révèle pourri de l'intérieur. Je fixe la Méditerranée passée au chalumeau, piquée d'étincelles. En dessous, à travers, l'eau éternelle luit d'un noir de carbone. Claire me dit, on rentre, il est tard. Ma nouvelle daronne. Trop dar.

Le lendemain, je lui montre mes exercices de maths. Elle n'en revient pas et me regarde, à la fois choquée et béate. On fait ça en prépa école de commerce, ta prof est perverse ou quoi ? Je vais t'aider, j'adore ça.

Désormais, tous les matins, à neuf heures, nous nous retrouvons autour de la table de la terrasse, à l'ombre. Claire parle la langue des nombres. Elle lit les chiffres comme des signes. Une fois qu'ils te sont familiers, m'explique-t-elle, leur force est extraordinaire. S'engage un corps à corps avec la matière. Claire ne me lâche pas. Elle invente des histoires, crée des objets. Peu à peu, je redeviens capable de résoudre les inéquations de valeur absolue. Je retrouve un goût perdu.

Face à nous, la Méditerranée prend ses aises, successivement impavide et tellurique, guitare rêche et trompette atmosphérique, mélodie céleste et rock cosmique. La houle forme au loin des petits cônes de diamant. Je réfléchis au rythme de ses crépitements. Je suis bien. Je travaille face à la mer, à côté de Claire. Si j'osais, je lui dirais ce que je ressens. Je pressens qu'elle me comprend. Je lui dirais ma fatigue extrême, mon horreur de ne rien contrôler. La panique qui m'essore à intervalles réguliers. Le feu intérieur qui m'anime, auquel je ne parviens plus à me réchauffer. Je lui demanderais de m'aider.

Le sixième jour, au moment où je m'apprête à lui parler, la porte d'entrée s'ouvre sur un cri aigu. C'est Kenza, elle lui fait la surprise de sa venue. Et voilà. Terminé pour moi. Avant même que Claire puisse dire quelque chose, j'annonce, pour les maths, on s'arrête là, je n'ai plus besoin de toi. Va t'occuper de Kenza. Claire me fixe étrangement. Un instant, j'espère qu'elle va dire à sa copine de s'en aller. Mais non. Kenza se jette dans ses bras. Leurs corps s'emboîtent pour ne plus se lâcher.

Je trouve un certain plaisir à les regarder. Savez-vous qu'on peut éprouver de la jouissance à l'idée de ne pas être sauvé ?

Le soir même, c'est sur Internet que je décide de m'exprimer. Je m'inscris à un forum d'ados sous Antacné. Mon nom est Rox27. C'est le nombre préféré de Claire, le plus sympathique : un multiple de la somme de ses chiffres.

> *27 décembre 2017, 19h13 – IP : 76.34.77.934*
> **Rox27**
> Bonjour, j'ai dix-sept ans, sous Antacné depuis deux mois (30 et 45 mg/j). En très peu de temps j'ai observé des effets extrêmement impressionnants. Mes comédons ont régressé, l'aspect de ma peau s'est nettement amélioré. Mais j'ai les lèvres gercées, les yeux secs et il m'arrive de saigner du nez. J'ai aussi pris un coup de soleil alors qu'on est presque en janvier ! Et je me sens très fatiguée.

Je n'arrive plus à courir car j'ai mal aux jambes. Cela me manque beaucoup car c'était un bon moyen pour moi de faire baisser la pression (scolaire, je suis en 1re S dans un lycée difficile). Je voulais savoir si ça vous est arrivé ? Et si vous avez une solution ?

27 décembre 2017, 20 h 04 – IP : 90.107.118.21
Mel-222
Salut Rox, bienvenue sur le forum ! Perso, j'ai dix-huit ans et je suis sous Antacné depuis un an maintenant. Je trouve ce médicament miraculeux. Il a changé ma vie. Je souffrais d'acné conglobata au stade 5, l'horreur. J'en avais partout, sur les joues, dans le dos, dans le cou. J'avais essayé tous les traitements possibles : crèmes, gels, antibios. J'étais très mal dans ma peau, c'est le cas de le dire, ça m'empêchait d'avoir un copain. Je m'étais complètement isolée. Au bout de 3 mois de traitement j'ai commencé à retrouver figure humaine. Je comprends ce que tu ressens car je pratique l'athlétisme à haut niveau. Je courais 2 heures quatre fois par semaine. À cause de l'Antacné je n'arrive plus à tenir que 30 minutes. Mais j'ai un copain maintenant, ça m'occupe ! Alors tiens bon, ça vaut tellement le coup. Aujourd'hui j'aurais besoin d'une loupe pour voir mes pores !

27 décembre 2017, 20 h 15 – IP : 90.107.118.21
Elo-njoy
Bjr Rox, welcome. Seize ans, sous Antacné depuis 6 mois, effets secondaires gérables, peau sèche, yeux secs, un peu mal aux jambes, un peu mal au dos. Je te donne un petit truc pour décontracter tout ça : des granulés d'arnica montana et actaea racemosa. Et du magnésium, mais marin, hein !

28 décembre 2017, 9h15 – IP : 88.222.111.22

Ambrichette

Salut Rox. Je me permets d'intervenir. J'ai vingt ans. Il y a quatre ans, mon dermato m'a mise sous Antacné sans m'avertir correctement des ES. Au bout de deux mois, j'ai commencé à me sentir crevée, et surtout super déprimée. J'étais à la dérive, j'avais l'impression que quelqu'un avait pris possession de mon corps. Je ne contrôlais plus rien. Je ne prenais plus de plaisir. Je n'étais bien nulle part. J'écoutais Lana del Rey en boucle dans ma chambre volets fermés. Je voyais tellement tout en noir que j'ai décidé d'arrêter l'Antacné. Bien m'en a pris, car très vite, je me suis sentie de nouveau normale. Bien sûr, au niveau des boutons, ça n'a pas aidé. Mais au final, il vaut mieux se sentir mieux à l'intérieur qu'à l'extérieur, n'est-ce pas ? Depuis, je fais le tour des forums pour alerter sur les dangers de ce médicament. Je ne pense pas qu'on doit l'interdire car c'est le seul qui marche sur l'acné sévère mais il faudrait d'une part avoir tout essayé avant, ce qui n'est pas toujours le cas, en France notamment, d'autre part l'associer à un suivi psychologique obligatoire. Très peu de gens expérimentent ce type d'ES, mais il faut s'en assurer. Sur le plan du moral, ça va, toi ?

28 décembre 2017, 13h28 – IP : 76.34.77.934

Rox27

Oh moi ça n'a rien à voir avec le médoc, je suis en colère. Contre mes darons, ces cons, et ma prof de maths, cette salope ! C'est à cause d'elle que mes résultats ont baissé. Mais ma grande sœur fait HEC et m'aide à réviser. Et je kiffe ma peau de bébé retrouvée !

29 décembre 2017, 17h12 – IP : 88.222.111.22

Ambrichette

N'hésite pas en tout cas, si t'as besoin de parler je suis là.

29 décembre 2017, 17 h 21 – IP : 76.34.77.934
Rox27
Merci c'est gentil, heureusement j'ai mes amies.

Je sais, tout ça n'est pas la complète vérité. Mais quand nous allons mal, pas question d'en parler à nos pairs. Du moins pas vraiment. Nous voulons paraître forts, exemplaires et, comme je hais ce mot, populaires.

Nous avançons masqués.

20

Roxane, 31 décembre 2017

« Là j'en ai marre, ce soir ils vont mourir cons »
— Casey, « Mourir con » —

J'ai décidé de rentrer à Paris pour la soirée du Nouvel An de Camille Safran, une fille du lycée. Tout le monde va à sa teuf, alors Camille fait trop sa meuf. Je n'allais pas rester seule à Sète à téma les stories des autres, les regarder vivre leur meilleure vie à distance. J'aimerais tellement qu'on dise de moi que je prends la confiance. Bon, ça n'est pas près d'arriver. Mais j'essaie, hein, je ne lâche rien.

Rose m'attend au café. On a décidé de se rejoindre avant d'aller à la soirée. Me voyant arriver, elle crie, ma prêf viens là et me tend les bras, mais elle m'apparaît tout en relief comme dans une BD et je ne peux plus bouger, je suis choquée. Minijupe en faux cuir, haut moulant pigeonnant, boucles d'oreilles tartignolles piquées à sa daronne, mon amie s'est déguisée en cagole. D'habitude, Rose se la joue caillera, ou pantalon pattes d'eph et T-shirt style pyjama. Jamais de décolleté. L'altitude l'a-t-elle détraquée ? En plus elle ricane, nanani nanana. Elle est devenue débile ou quoi ?

Je n'ose pas lui dire d'aller se changer. Le visage tremblant, elle attend un compliment. Pour couper sa panique, je me force à m'exclamer, wesh t'es pépite.

Perso, je porte un jean et le T-shirt à petits carreaux noirs et blancs que m'a offert ma mère pour Noël. N'allez pas en déduire que ma mère m'a fait une surprise. C'est moi qui l'ai commandé et réceptionné. Ma daronne est débordée. Elle continue d'enchaîner les concerts-poubelle. En ce moment le quatuor écume la Somme au son des *Quatre Saisons* à répétition, comme une publicité Samsung dont on ne viendrait jamais à bout. Mélanie est à genoux.

J'hallucine en voyant l'appartement de Camille Safran : immense et immaculé, archi moderne, un mélange de béton ciré et d'acier. J'observe les meubles et les canapés, je reconnais Prouvé, Le Corbusier, Jeanneret. On se croirait dans un musée, une galerie d'art du Marais. Tout est nickel. C'est pas possible une soirée dans un endroit pareil. En conclusion, soit ses darons sont cinglés, soit Camille l'organise en loucedé.

Le salon est oufissime, il doit bien mesurer cent mètres carrés. Un infime instant, je rêve de voir Mélanie y répéter. Quand ma mère sorcière crochète ses doigts, ça fait comme des animaux magiques. J'imagine se dessiner sur le grand mur blanc des Safran les ombres chinoises de sa musique. Mélanie ma concertiste ratée frustrée dissociée, Mélanie ma rhapsodie, si un jour je fais fortune, je t'achèterai une maison de malade pour que tu puisses jouer et moi danser sur l'*Introitus* la *Symphonie concertante* la *Sérénade.* Parce que je t'aime, maman, je t'aime infiniment.

En attendant, pour acheter un bel appartement, il faut gagner de l'argent, pour gagner de l'argent il faut décrocher un bon métier, pour décrocher un bon métier il faut faire de bonnes études, pour faire de bonnes études il faut être acceptée en prépa, pour être acceptée en prépa, il faut avoir un bon dossier, et pour avoir un bon dossier il faut réussir ce putain de bac blanc de maths. Rien que d'y penser, j'ai la respiration coupée, le ventre noué. J'ai passé les vacances à réviser, mais j'ai tellement peur de paniquer. La nuit, je rêve que j'écris encore et encore les mêmes formules, je les rature au fur et à mesure, je finis avec cinquante feuilles de brouillon et pas un seul résultat n'est bon.

Mélanie prévoit systématiquement le fiasco. Elle se défend, si le pire se produit, je suis préparée. Du moindre concert elle prédit qu'il sera raté. Depuis peu je l'imite.

Chez Camille Safran, on trouve, d'un côté, un tas amorphe de mecs, épaves empilées sur les canapés en train de phaser, et de l'autre, une bande de meufs galvanisées habillées en pétasses, ambiance tchacheuse aguicheuse, tirant la langue et leur troisième doigt sur Insta.

Ne minimisez pas pour autant le risque que ces filles prennent en s'exposant. Poster sur les réseaux, c'est comme entrer dans l'arène. Selon qu'on est faible ou fort, c'est le sacre ou la mise à mort. Trop d'exposition et on finit par brûler. Il suffit d'un commentaire malveillant. Je sais, tout ça n'est pas vraiment réconfortant.

Je ne l'ai pas vu arriver. Ferdinand s'est jeté sur moi. Il a failli renverser mon verre de vodka. Salut mec, ça va mec, il est tellement habitué à saluer ses potes de la sorte que c'est devenu un réflexe. Je souris, perplexe. Pas le temps de répliquer. Il s'est évaporé.

Plus tard dans la soirée, tout le monde est défoncé. Chemise ouverte, pectoral galbé, Ferdinand fait son kéké. Soudain, il me pointe du doigt et clame, Lyna, téma le bête de T-shirt de Roxane, la vie de ma mère, il est trop pratique pour jouer aux dames ! Wallah j'ai mal aux yeux tellement il claque, remarque, ça dévie l'attention de son nez…

La pointe en acier s'enfonce plus en avant dans mon cœur cassé. Ferdi mon ami mon frère ne s'est jamais moqué de moi ouvertement auparavant, et encore moins de mon nez. Je suis dévastée. Complètement déchirée, Lyna s'amuse à compter tout haut les carreaux blancs du T-shirt offert par maman. Quelqu'un nous filme. En temps normal j'aurais rigolé, mais là je prétexte un verre à apporter et je m'échappe. Plus tôt, j'ai repéré Théo. Ma frappe, attends que je t'attrape. Vous me trouvez peut-être cynique, mais je n'ai pas de scrupules. Ce forceur s'est bien servi de mon corps comme d'un plateau repas. À mon tour d'en disposer tel un matelas.

Sachez-le, vous, les adultes, vous, les parents, n'accordez pas assez d'attention à l'éducation sexuelle de vos enfants. La banalisation des pratiques violentes aurait pourtant de quoi vous effrayer. À un moment donné, il va bien falloir expliquer à vos garçons que le porno n'est pas la réalité. Leur dire d'arrêter de nous mettre direct cul par-dessus tête en mode pâte à modeler, arrêter de décrire à leurs potes la forme de notre chatte et notre embarras à quatre pattes. Parce qu'entre-temps vos fils chéris n'ont aucune idée de la notion de consentement.

Je cherche Théo mais je ne le trouve pas. Je finis mon verre et l'alcool commence à produire son effet. J'ai besoin de faire le vide, alors je m'enfonce dans un couloir. Je cherche une chambre de libre pour m'allonger dans le noir.

J'ouvre une porte. J'ai juste le temps de voir un garçon et une fille s'embrasser. Je referme aussi sec mais une image vient me titiller: l'étincelle d'une boucle d'oreille. Je pousse la porte de nouveau, plus lentement cette fois, et je discerne le profil de Rose. Je me tape une barre, sur qui cette chtarbax a-t-elle encore jeté son dévolu, mais je n'arrive pas à voir le visage de l'heureux élu.

Je recule et trébuche sur un sac à dos. Je le reconnais, c'est celui de Théo. Je ne ris plus. Mais non ? C'est inimaginable ! Rose n'a pas pu me faire ça, elle en est incapable. Théo a dû l'oublier là. Où sont les toilettes ? J'ai l'estomac en miettes. Le rongeur dans mon ventre fait entendre quelques couinements. Je vomis ma vodka cranberry sur le sol en ciment des Safran. J'entends des gens crier bonne année au loin. On ne peut pas dire que ça commence bien.

21

Roxane, janvier 2018

« J'ai constaté mon impuissance la nuit dernière »
— Georgio, « On rêvait tous de s'envoler » —

Lundi 8 janvier. Nous avons rendez-vous chez Alain Veil, Mélanie et moi. Je n'ai pas dormi de la nuit. J'ai regardé des séries pour me changer les idées, *The Walking Dead, Prison Break*, et j'ai écouté de la musique. Cette fois, les rappeurs faussement énervés m'agaçaient. J'étais branchée Pomme et Lana del Rey, *À peu près* et *Lust For Life*. Une bande-son adaptée aux films que je me fais. Depuis la soirée de Camille, dès que je ferme les yeux, je vois Rose et Théo s'embrasser. Je suis condamnée à les imaginer. Car oui, c'est bien arrivé.

Quand j'ai demandé à Rose qui elle avait pécho à la soirée, elle a répondu Théo négligemment, comme si je lui avais demandé la marque d'un mascara au supermarché. Elle a vu que j'hallucinais et s'en est étonnée. Elle ne pensait pas que je puisse être peinée. Je n'ai pas cessé de répéter à quel point je le trouvais moche, inintéressant, collant, alors, m'a-t-elle dit, lui en vouloir, c'est abusé. Et puis, a-t-elle souligné, tu ne peux pas avoir envie de baiser avec un forceur qui a dit à tout le monde que tu avais un nez comme un aspirateur ? Tu le savais, n'est-ce pas, s'est-elle alarmée en voyant ma tête.

Bien sûr que non, mais plutôt crever que de l'avouer. Alors j'ai acquiescé. Et j'ai ajouté, t'inquiète, tout en pensant, sale pute, j'aurais dû rester à Sète.

En route vers le cabinet du dermatologue, je suis d'une humeur de dogue. Mélanie tente de reconnecter, comment va ton petit copain ? Je balance, moi et Théo, c'est fini, et c'est tant pis, ou plutôt tant mieux. Après je ne dis plus un mot. Ma mère a déjà fait les frais de ma colère plus tôt. Ce matin, je l'ai entendue ouvrir le courrier et pester, comment je vais faire pour rembourser ? La feuille des impôts était arrivée. Je me suis sentie nulle et inutile et j'ai ressenti l'envie de crier. Je suis entrée dans la salle de bains et j'ai lâché, t'as complètement raté ton maquillage, on dirait une vieille folle. Mélanie s'est figée, médusée. Puis elle m'a ignorée et a continué de se pomponner d'une main molle. J'ai enchaîné, tu regardes à quel point t'es périmée ? Sa bouche a tremblé. J'ai cru qu'elle allait se mettre à pleurer.

Je préférais quand tu étais petite, c'était plus facile, a-t-elle murmuré.

Mais qu'est-ce qui est facile, dans cette vie, Mélanie ? Ce qui est facile, c'est d'aller mal, bien plus que d'aller bien. Eh oui, je décompense en mode hostile. On nous demande d'être à la fois autonome et obéissant, détendu et performant. Résultat, nous allons mal plus tôt et plus longtemps. On nous balance qu'être ado c'est être à la fois unique et semblable aux autres. Mais moi, je suis une volaille qui ne sait pas voler, une partition inachevée. Je ne veux pas être moi, je veux être Rose ou Lyna. Putain d'adolescence qui n'en finit pas.

Le dermato s'agite derrière son vieux bureau doré. Son long cou rouge penche de côté. On dirait une merguez avariée.

Et toujours la même question.

Comment allez-vous, Roxane ?

Docteur, le coupe Mélanie, j'aurais dû vous en parler avant. Ma fille a déjà été déprimée par le passé et là ça recommence, elle est anormalement énervée. J'ai regardé les effets secondaires de l'Antacné et ça correspond au mot près.

Je m'interpose. N'importe quoi !

Ah oui ? continue ma daronne. Et ça, c'est n'importe quoi ? Mélanie brandit une feuille imprimée.

Lisez ça, docteur, vous verrez si je dis n'importe quoi.

J'arrache le papier des mains de ma mère.

3 janvier 2018, 21 h 23 – IP : 76.34.77.934

Rox27

Salut à tous/toutes. Je suis sous Antacné depuis plus de deux mois maintenant et ça fonctionne très bien sur ma peau. Mais pour le reste, ça ne va pas fort. J'ai souvent une sensation de vide terrible… et aussi de perte de contrôle… comme si je ne maîtrisais plus mon destin. Dans ces moments-là, je n'ai plus goût à rien, j'ai mal au ventre et je n'arrive pas bien à respirer… Je suis un peu perdue. J'aimerais bien te parler, Ambrichette, si tu es là…

4 janvier 2018, 8 h 02 – IP : 90.107.118.21

Mel-222

Salut Rox, chouette de te revoir ! T'inquiète pas, ça va passer. Je me suis sentie exactement comme tu le décris pendant quelques jours au début du traitement. C'est parti comme c'était venu. Ce n'était pas l'Antacné, mais le stress. En fait je redoutais tant les effets secondaires que je me les suis fabriqués ! Tiens bon, ça vaut le coup !

5 janvier 2018, 20 h 42 - IP: 90.107.118.21
Elo-njoy
Bjr, ne t'affole pas, j'ai un super truc contre le stress : des granules de Nux Vomica et d'Ignatia. Et n'oublie pas le magnésium !

5 janvier 2018, 21 h 23 – IP: 76.34.77.934
Rox27
Merci… Et pour retrouver l'appétit ? Non, je blague.

6 janvier 2019, 23 h 42 – IP: 76.34.77.934
Rox27
Help, j'ai du mal à respirer. Ambrichette ?

Je tremble de colère. Tu as fouillé dans mon ordinateur ? Tu as osé ?

Mélanie hausse les épaules. Je n'arrivais plus à me connecter à Pronote… Je voulais seulement vérifier que ça marchait, et voilà sur quoi je suis tombée.

Elle attrape mon menton et tourne mon visage de force vers le médecin. Vous n'allez quand même pas continuer de me la déprimer pour trois petits boutons sur le nez ?

D'un geste leste je me libère de son étreinte, je prends mon élan et frappe violemment ma mère du revers de la main.

22

François, février 2019

« *Ouais fuck ton cardio, gros* »
— Damso, « Vie » —

C'est à lui, c'est maintenant. Jérôme vient de le lui indiquer par un signe de tête éloquent. François pose sa main sur le rebord de la table devant lui pour y prendre appui. Son cœur bat toujours de façon erratique mais ses genoux ont cessé de s'entrechoquer, sa tête de tourner. Il n'est pas dans son état normal mais suffisamment pour tenir debout.

L'espace d'un instant, il observe les neuf personnes assises en arcade face à lui. Il les prenait pour des juges inquisitoires motivés, impatients de l'incriminer, mais la plupart d'entre eux semblent osciller entre l'épuisement et l'accablement.

Le temps imparti est dépassé, François comprend leur fatigue. Après tout, le procès Fabre contre Hanner n'est qu'une affaire parmi d'autres, pas forcément plus sordide que les autres.

Il ne parvient pas à chasser l'image de Romain tombant dans le vide à la suite de Roxane. Impossible de surmonter son anxiété, pourtant il sait parfaitement ce qu'il est censé dire. Il a répété de nombreuses fois sa déclaration devant Jérôme, au point qu'il la connaît par cœur. Parler en public n'est pas son fort. Peu convaincu par ses premiers essais, l'avocat l'a fait s'entraîner sans relâche. Maintes fois, lors de ces répétitions, François a convoqué l'image de son père, mais la faconde de Daniel Hanner n'est malheureusement pas héréditaire.

Il est prévu qu'il invoque la liberté de prescription. Karevsky aura délibérément omis d'en parler. François commencera donc par citer l'article R4127-8 du code de la santé publique, lequel prévoit que « dans les limites fixées par la loi et compte tenu des données acquises de la science, le médecin est libre de ses prescriptions qui seront celles qu'il estime les plus appropriées en la circonstance. Il doit, sans négliger son devoir d'assistance morale, limiter ses prescriptions et ses actes à ce qui est nécessaire à la qualité, à la sécurité et à l'efficacité des soins. Il doit tenir compte des avantages, des inconvénients et des conséquences des différentes investigations et thérapeutiques possibles. » François précisera que toute prescription s'accompagne de l'obligation d'informer le patient et d'obtenir son consentement, et affirmera que c'est exactement ce qu'il a fait, d'un son de voix où devra percer, Jérôme a insisté là-dessus, la plus grande sincérité. « Tu sors les violons, ambiance *Lacrimosa* de Mozart. » Le sachant pianiste, Karevsky a décidé de recourir à l'analogie musicale pour illustrer les subtilités de la communication non verbale.

Ensuite, François devra énoncer d'une voix haute et claire que la mise en œuvre de la liberté de prescription est un principe déontologique fondamental, consacré par le législateur et qui doit être guidée par la prise en compte de trois séries de critères : les données acquises de la science, la qualité, la sécurité et l'efficacité des soins, l'évaluation du rapport bénéfice/risque. À ce sujet, dès lors que le service médical rendu d'un médicament s'avère largement supérieur au risque encouru, on se doit de continuer à l'utiliser, ou alors on arrête toute forme de prescription et c'est le retour au Moyen Âge. François dira qu'il a suivi une telle démarche, il ira même plus loin : ne pas prescrire l'isotrétinoïne à Roxane aurait constitué un déni de soin. « Bref, les trompettes d'*Aïda.* »

En conclusion, il s'adressera à ses juges avec un accent triste. Veulent-ils voir les médecins une nouvelle fois menacés dans leur liberté de prescription, les patients inquiétés dans leur chance de traitement ? Les malades ne sont pas des chiffres de statistique. Les médecins n'ont pas fait onze ans d'étude pour prescrire selon des schémas rigides, préalablement fixés, conformes à des préconisations étatiques. Chaque patient est singulier et requiert un traitement spécifique, en fonction de ses particularités. Roxane était unique. Elle nécessitait d'être soulagée de cette maladie invalidante qu'est l'acné. Elle lui faisait confiance, Cyril Blanchard lui faisait confiance. François a prescrit l'isotrétinoïne en son âme et conscience, se souciant de l'état psychologique de la jeune fille. Il pensait l'aider en le faisant. Il le pense toujours. Il était à même de faire un choix. Il l'a fait et ne le regrette pas. « En gros, tu les assommes avec l'*Ave Maria.* »

L'ennui, c'est que sa défense pro domo ne s'engage pas du tout comme il l'avait imaginé.

Arc-bouté sur ses jambes, François prend la parole. La lumière crue des néons le fait cligner des yeux.

Quel temps fait-il dehors aujourd'hui ? Il ne se souvient plus. Ou plutôt, il n'a pas pensé à regarder. Comment était l'herbe du jardin ce matin ? Sèche, mouillée, craquante ? À peine commence-t-il une phrase qu'il en oublie le début. Les mots se succèdent sans qu'il puisse contrôler leur ordre ou leur sens. Il sent vaguement qu'il faudrait qu'il se taise. Une voix d'homme s'adresse à lui, mais il n'entend pas bien, les mots sont hachés, la connexion n'est pas bonne.

Il parle, il s'efforce de poursuivre, mais il se sent happé ailleurs, hier, c'était il y a un an, le temps n'est pas passé.

François a pris du retard dans ses consultations. Il regarde sa montre. Dix-sept heures, il ne sera jamais à temps à la gare de Lyon. Pour la première fois en trente-cinq ans, il n'assistera pas à l'anniversaire de Blanchard. Il lui faut le prévenir. Il lui écrit un texto rapide, « Blanchard je suis vraiment désolé, je ne vais pas pouvoir venir à Sète. J'ai trop de travail au cabinet. Sorry, old boy. » Il appuie sur le bouton et éteint son téléphone. Le soulagement le gagne. Laurence a raison. Pourquoi s'impose-t-il d'aller à Sète chaque année ? Cela n'a aucun sens. Avec Blanchard, ils ne se voient jamais en dehors de ce foutu week-end d'anniversaire auquel, du reste, sa femme refuse de l'accompagner. Laurence n'était pas l'amie de Mélanie et elle apprécie encore moins Manon, la nouvelle compagne de Cyril. Manon aurait carrément volé Blanchard à Mélanie. Connaissant Blanchard, c'est donner à Manon beaucoup de crédit, mais François laisse Laurence dire, il la laisse juger le déplacement inutile, et s'étonner de l'énergie puérile que François déploie pour s'accrocher à une relation d'amitié qui, dit-elle, ne tient plus à rien.

Elle ne comprend pas. Ce rien-là, c'est la facilité, la désinvolture, la gratuité. Une promesse faite à l'enfance. Une enfance disparue, il devrait le reconnaître, mais il lui suffit de voir le visage de Blanchard pour que les années s'évaporent et qu'il sente à nouveau le goût du malabar dans sa bouche. Devant Cyril, il a de nouveau la sensation que tout reste possible. Il n'a pas encore perdu ses illusions. Il peut être celui qu'il avait envie d'être.

Laurence sera contente d'apprendre qu'il reste à Noisy. Elle avait justement envie d'assister aux Musicales de Versailles, il s'y donne samedi soir un récital de piano à quatre mains. Au programme, Borodine, Tchaïkovski, Saint-Saëns, Ravel. Mais Blanchard lui en voudra, c'est certain. Il va sûrement chercher à le convaincre de prendre le train samedi matin. François se le promet, il ne se laissera pas influencer.

Quelques instants plus tard, il fait entrer Gérard Couly, un garagiste d'une cinquantaine d'années qu'il n'a jamais beaucoup apprécié. Il observe un instant cet homme antipathique affublé d'un double menton et d'une dentition poissonneuse. Ses cheveux autrefois roux ont grisé mais ses sourcils sont restés d'un noir profond, comme si une partie du cambouis qu'il manipule depuis trente ans s'y était incrustée. Le corps flasque et blanc, Gérard Couly tient du poulet de Bresse. L'animosité inhabituelle que François éprouve à l'égard du garagiste a augmenté depuis qu'il a fait réparer sa voiture dans son établissement par commodité, sans songer un instant en obtenir le moindre avantage financier. Couly en a profité pour surfacturer le remplacement du démarreur et de la batterie. Et en plus, le véhicule est retombé en panne la semaine suivante.

La pompe du cœur est déclenchée par des impulsions électriques semblables à celles d'une bougie de voiture. Qu'un défaut de courant survienne, et le cœur flanche. Si François avait réparé ses artères comme Couly a dépanné sa Citroën, celui-ci ne se tiendrait pas en ce moment avachi devant lui, le regard méprisant. En représailles, François le malmène quelque peu, dans la limite de ce qu'il s'autorise, évidemment. Il le houspille. « Vous faites n'importe quoi avec vos médicaments. Vous êtes hypertendu. Et vous avez pris du poids, là. Vraiment, ça n'est pas sérieux. » « C'est à cause de mes clés et de mon téléphone, ça pèse », ricane le garagiste. Parce qu'en plus il se fout de sa gueule.

Couly a fait un infarctus au beau milieu de son garage quatre ans auparavant. Une douleur typique l'assaille, le SAMU le prend en charge, François lui fait une coronarographie dans la foulée. Deux heures porte à porte, une prise en charge optimale. Trois artères à revasculariser, un constat plutôt alarmant à quarante-six ans. Et pourtant, depuis l'intervention, Couly se gave de rillettes, omet de réaliser les bilans sanguins que François lui prescrit, jongle avec son traitement. « Vos médocs, là, ils aggravent ma cruralgie. » « Ce n'est pas possible, les anti-coagulants n'ont aucun impact sur vos nerfs. Sur les miens, en revanche… »

Malgré sa résistance, Couly revient le consulter, année après année, comme frappé d'amnésie. Une énigme digne du *Mystère de la Grande Pyramide*, pour François.

Il est en train de l'ausculter quand son téléphone de bureau sonne. La ligne qui le relie à Jacinthe, la secrétaire médicale. Il n'a pas l'intention de répondre, mais à la vingtième sonnerie il doit s'y résoudre. Il faudra qu'il pense à mettre l'appareil sur silencieux. « Docteur, un certain Cyril Blanchard cherche à vous joindre. C'est urgent. » « Dites-lui que je suis en consultation, que je le rappelle ce soir. » « C'est une question médicale, il a besoin de vous parler tout de suite. »

François jette un coup d'œil à Couly, allongé en slip sur la table d'examen, électrodes placées sur la poitrine, frissonnant dans l'air frais du cabinet. La peau panachée du garagiste se pique de petits bulbes. Le renflement de sa gorge palpite d'agacement, accentuant sa ressemblance avec le gallinacé bressan. François hésite, il n'a jamais laissé un patient plus que de nécessaire sur la table. Après tout, se dit-il, il ne va pas en mourir. « Dites à Blanchard que je le rappelle de mon portable. » « Monsieur Couly, j'ai une urgence. Attendez-moi là, je reviens dans cinq minutes. » Sans lui laisser le temps de répondre, François quitte la pièce et dévale l'escalier.

La nuit de janvier a déjà englouti Bois d'Arcy. Une légère brume glacée pose, au loin, un voile de mousseline sur les toits des pavillons. Face à lui, surgissant de la pénombre, le centre commercial brille de tous ses feux, pareil à un navire de croisière. François compose le numéro de Cyril.

« Salut Hanner, merci de me rappeler. » Les mots sont hachés, la connexion n'est pas bonne. François s'agace. « Je peux te rappeler plus tard ? J'ai un patient à poil sur ma table. » « Non, j'ai besoin de te parler. C'est urgent. Il faut absolument que tu… » Il le coupe : « Je ne vais pas pouvoir venir demain matin. » « C'est pas ça, François, c'est au sujet de Roxane. Elle vient d'arriver à Sète pour mon anniversaire et elle a oublié son médicament à Paris. Elle ne peut pas récupérer son ordonnance car Mélanie est en concert à Pétaouchnok comme d'habitude. Il faut que tu lui en rédiges une nouvelle. Je pensais te le demander en personne, mais puisque tu m'abandonnes… La pharmacie va bientôt fermer ici. »

François sent une immense lassitude l'envahir. Il se laisse tomber sur le rebord du parapet en pierre qui longe le cabinet médical. « De quel médicament s'agit-il ? Tu sais bien que je ne fais jamais d'ordonnance de complaisance. Tu me connais, quand même. » « C'est de l'Antacné, un truc pour les boutons. La pauvre gamine est défigurée. » Cyril murmure dans l'appareil : « Déjà que ce n'est pas un prix de beauté… » « Blanchard, soupire François, l'Antacné, ce n'est pas un médicament anodin. On ne le prescrit pas sur un coin de table. Il faut une prise de sang, un test de grossesse négatif, il y a des effets secondaires… » « Oui, je sais tout ça, elle en prend depuis deux ou trois mois. Elle le supporte très bien. » « Elle n'a pas changé d'humeur ? » « Ben non, elle est comme d'habitude, sympa, normale quoi. » « Je ne sais pas… » « Allez, s'il te plaît mon canard. Tu peux quand même me rendre un petit service. Est-ce que je t'ai déjà demandé quoi que ce soit depuis que tu es devenu médecin ? Jamais. Je ne suis pas non plus en train de te réclamer de la méthadone ! La petite a oublié son ordonnance, tu fais un double. C'est rien. Et puis tiens, on n'a qu'à dire que c'est ton cadeau d'anniversaire. Puisque tu me fais faux bond, tu me dois bien ça. Je serai à Paris lundi pour le boulot, on se prend un café ? »

François regarde sa montre. Couly doit être frigorifié. « Roxane n'a jamais eu de problèmes de déprime ? Je me souviens que c'était difficile pour elle au moment de votre séparation, non ? » « Pas plus que pour une autre gamine. Je te répète, elle va très bien. » « Il faudrait que je lui parle, de vive voix, et même peut-être par écran. » « OK, elle t'appelle en Facetime. »

Avant que François ait pu l'en empêcher, Blanchard a raccroché et c'est maintenant le visage de Roxane qui s'affiche sur son téléphone. Il se rappelle une adolescente grande et timide aux longs cheveux châtains, au nez un peu fort. La jeune fille maquillée qui le toise à travers l'écran ne ressemble pas à la Roxane de son souvenir. Elle a fait son entrée dans le club des gamines dont François ne peut jamais décider si ses membres ont quatorze ou vingt ans. Ses yeux scintillent d'une façon étrangement intense. Sa peau semble à peu près lisse, hormis quelques imperfections, rien de bien méchant. « Salut Roxane, tu vas bien ? Dis-moi, tu n'as pas beaucoup de boutons pour quelqu'un qui prend de l'Antacné ? » « Bonjour François ! Je me suis maquillée pour l'anniversaire de papa, donc genre, ça se voit moins, et surtout l'Antacné marche super bien sur moi. Ce serait vraiment dar, si tu pouvais, genre, me refaire une ordonnance, car je n'ai pas du tout envie de manquer trois prises d'affilée, il paraît que c'est très mauvais pour la santé, je suis en bad là. »

Roxane parle très vite, encore plus vite que Romain. François a du mal à la comprendre, c'est comme une langue étrangère, d'autant que la connexion reste mauvaise. L'image se brouille, le son se perd. « Roxane, qui est ton dermatologue à Paris ? Tu n'as pas essayé de l'appeler ? » « Alain Veil, dans le VIIIe. Si, bien sûr, mais il est déjà parti en week-end. » « Alain Veil... Je ne le connais pas. Il t'a parlé des effets indésirables de l'Antacné ? Tu as bien lu la notice ? Tu as fait tous les tests ? » « Oui, oui, tout. » « Et comment tu te sens, en ce moment ? » « Super ! » « L'école, ça va ? » « Au top ! »

François hésite. Quelque chose ne lui plaît pas dans le regard de Roxane, trop fixe, dans sa voix, trop joyeuse. Son instinct l'avertit qu'elle n'est pas aussi en forme qu'elle le prétend. Une impression fugace, de celles qu'on oublie aussitôt. À cet instant Jacinthe surgit dans la rue. « Docteur, votre patient crie comme un putois, il dit qu'il est gelé et que vous l'avez laissé là exprès, il se plaint, il menace d'en référer à je ne sais qui, il faut vite que vous reveniez. »

Alors il cède. Il renonce à l'un des principes auxquels il s'était juré de ne jamais déroger : pas de complaisance, pas d'ordonnance par correspondance.

« Bon, Roxane, envoie-moi ta dernière analyse de sang et ton test de grossesse négatif par mail et je te fais parvenir l'ordonnance dès que j'ai fini ma consultation, d'ici trente minutes, d'accord ? » « Merci, t'es trop cool ! »

Plus tard, il se reprochera un excès de fatigue, et son insigne faiblesse devant Cyril. Au prétexte de l'amitié, il a agi par lâcheté. Rendre ce service s'avérait le seul moyen de ne pas se brouiller avec Blanchard. François se sait incapable de rompre le lien qui l'unit à son vieux compagnon d'armes, incapable de renoncer à la sensation douce-amère de liberté, à l'exquise émotion familière que Blanchard lui fait éprouver. Il a encore besoin de pénétrer dans leur chambre secrète, la pièce à pression négative de leur jeunesse partagée.

Il sait bien, pourtant, que le vide n'est pas un remède au trop-plein.

23

Roxane, janvier 2018

« *Maman, t'inquiète, je rentre tôt* »
— Soso Maness, « Je rentre tôt » —

Mardi 9 janvier, quinze heures. Chareau nous explique le principe de la dérivation. Une fonction est dérivable sur un intervalle seulement si elle est dérivable en tout réel de cet intervalle. Je suis sûre que vous gardez des mathématiques quelques souvenirs mémorables.

Pour la première fois de ma vie, je n'écoute rien. De toute façon, la fonction dérivée ne se trouve pas au programme du bac blanc mardi prochain. Depuis ma place au fond de la classe, je pianote en scred sur mon portable, une infraction aux dispositions réglementaires qui, si on la relevait, me vaudrait la colère de Chareau et de toutes les instances disciplinaires.

Pour l'instant, Sylvie Chareau me laisse en paix. Entre Prosper et Capucine, elle se montre au taquet. Capucine Delmas, la plus nulle ou plutôt la moins bonne de la première S3, à qui elle s'adresse d'un ton condescendant qui nous laisse pantois. Vous avez compris comment faire pour que l'abscisse se rapproche de *a*? Capucine? OK, si Capucine a compris, alors tout le monde a compris. Ne faites pas cette tête, c'est pas grave, Capucine, vous avez d'autres centres d'intérêts dans la vie… Comme quoi, Capucine? Qu'est-ce que vous aimez, déjà? L'escrime, c'est ça?

L'humiliation ultime.

Je parle donc à mon père par texto, je lui raconte mon rendez-vous chez le dermato. Je ne lui demande pas de m'aider. Avec Cyril c'est inutile. Je connais l'étendue de son registre. Tel le sistre, cet instrument sacré de l'Égypte ancienne qu'il suffit d'agiter pour qu'il sonne et avec lequel Mme Fichot la prof d'histoire-géo nous assomme, mon père n'est pas compliqué à faire marcher.

Donc ça donne: Mélanie a décidé que l'Antacné me déprimait et a réussi à convaincre le dermato de ne plus me le donner. Elle ne comprend rien, c'est de me retrouver défigurée qui m'abattrait. Je crois même que ça m'empêcherait de travailler. Enfin voilà, d'ici six jours environ, ta fille sera de nouveau pleine de boutons.

Bon, je ne précise pas que j'ai giflé Mélanie. De son côté, elle ne sera pas allée cafter. Ma daronne n'avouera jamais à Cyril qu'elle ne me maîtrise pas, encore moins que je ne la respecte pas. Je suis sa plus grande réussite, sa fierté. Un mur de béton impossible à fissurer. Elle ignore que le béton peut aisément se casser.

La réponse ne se fait pas attendre: T'inquiète pas ma caille, mon copain François vient ce week-end à Sète, il te fera une ordonnance, je m'en occupe, tu as de la chance. D'ici là il te reste des comprimés?

J'ai déjà compté. Trois, de quoi tenir jusqu'à jeudi. Après, l'horizon s'obscurcit.

Au fait, Rose, Lyna et Ferdinand ont fait leur réapparition, chacun à leur façon. Lyna et Ferdi, c'est fini. Lyna a tèj Ferdinand. Ferdinand s'en balec. Chacun veut me raconter sa version des faits. Il s'est excusé et j'ai pardonné à Ferdi sa tirade sur mon nez. De son côté, Rose crache sur Théo pour me montrer à quel point elle se soucie de mon existence. Elle le clashe, le traite de canard de bâtard de cassos de boloss, au point où j'en viens presque à prendre sa défense.

Bref, ma vie pourrait reprendre comme avant.

Ah, j'oublie Mélanie. Ma daronne a fait annuler son concert à Contay, un village-rue de la Somme. Aux trois autres musiciens elle a balancé, je suis désolée les copains, mais je préfère rester à la maison avec ma fille plutôt que jouer devant trois pelés. Elle a acheté ma junkfood préférée, chips et popcorns caramélisés, et nous nous sommes installées au creux du canapé, avec *La Chèvre* en VOD. Par moment, elle me regardait de biais, l'air coupable et inquiet, bouche tordue et poings serrés. Ça va? Tu es très jolie comme ça, tu sais. Ne t'inquiète pas, ton acné passera. Et moi pour la rassurer je répondais oui, je sais. Au bout de dix minutes, je me suis levée. Merci maman, mais là je dois bosser, j'ai bac blanc de maths mardi. Alors elle m'a contemplée respectueusement, c'est à peine si elle n'a pas joint les mains en prière, si elle ne s'est pas jetée à terre pour se prosterner telle une disciple tibétaine, bien sûr, vas-y, ma reine.

Elle a même essayé de me convaincre de ne pas aller à Sète pour l'anniversaire de mon père. Il n'y aura que des vieux, tu ne veux pas plutôt qu'on parte en week-end toutes les deux, on ira où tu voudras, pourquoi pas Saint-Malo, ou Annecy? J'ai protesté, je ne peux pas faire ça à papa, et je dois travailler, d'ailleurs toi, n'es-tu pas attendue à… où déjà ? Poix-de-Picardie, a-t-elle concédé, à regret.

Vendredi après-midi, 12 janvier, je gravis le mont Saint-Clair. La colline ressemble au dos d'une baleine pétrifiée. Le saviez-vous, c'est le cétacé qui a donné son nom à l'endroit : Kêtos, Cetus, Cette, Sète.

La maison de mon père me régénère. Cyril gémit qu'il n'a pas les moyens de son entretien. Envahie d'herbes folles, son crépi blanc jaunit et ses volets vermillon nécessiteraient d'être repeints. Moi je m'en fiche. J'aime ses tommettes en corolle, son mobilier ancien. Même en janvier la vieille baraque exhale un parfum de thym frais et de pin. Ce que je préfère, c'est le grand tableau votif marin que mon arrière-grand-mère a suspendu au-dessus du vieux buffet de bois brun et que personne n'a jamais décroché. Il est du genre naïf. Une barque échouée sur un récif, encerclée des visages des marins rescapés, avec en fond la mer déchaînée. La représentation artistique d'une promesse tenue, d'une vie survécue.

Soudain, je prends conscience que Manon a accroché des photos de Claire en plusieurs endroits dans le salon. Intriguée, je passe de pièce en pièce, de chambre en chambre et je fais partout le même constat : il n'y a pas une seule photo de moi dans la villa.

Qu'est-ce que cela signifie ? Ne suis-je pas assez jolie ? Est-ce une façon pour Manon de s'approprier la maison ? Pourquoi Cyril la laisse-t-il faire ? L'amour de sa mère pour Claire surpasse-t-il celui qu'il me porte ?

Je fais coulisser la baie vitrée et m'avance sur la terrasse en bois jonchée de feuilles mortes. La température ne dépasse pas les douze degrés, le ciel est marqueté de nuages gris. L'été en hiver, c'est fini.

Ceint de pierres sèches, le jardin s'étire en escaliers et offre une vue à cent quatre-vingts degrés. J'embrasse la mer qui s'étale du phare de Sète au cap d'Agde. Dans la lumière calcaire de janvier, elle prend la teinte d'une crème brûlée. À ceux qui voient Sète en bleu Méditerranée j'oppose ses toits terracotta, ses maisons ocre, sa pierre ambrée, son soleil orangé : Sète est couverte de confettis dorés. La ville s'étend à mes pieds tel un nid d'abeilles ambré, un parchemin enluminé.

Il n'y a que l'étang de Thau que je ne vois pas. Me vient l'envie de m'y promener. Il est encore tôt. Je pars à vélo sur la route de la Pointe Courte. Une fois descendue jusqu'au quartier, passés les ordures et les escaliers, je plonge dans les rues désertes, dans le silence seulement rompu par le clapotis de l'eau salée. Je marche au milieu des chats errants, du linge claquant au vent, le long de l'étang, du bar à brochettes et des rangées de maisonnettes, entre les plantes suspendues, les chaises en plastique, les filets de pêche coniques et les lampes de tempête. Ici les pots de fleur ont la forme de merlus géants et sur les murs blancs nagent de longs poulpes violets. Les nasses sont les tunnels de jeu des enfants, les morceaux de bois flottant leurs cachettes. Je goûte le temps figé, la douceur révolue. Si nous les jeunes regrettons le monde d'avant, vous êtes mal barrés.

Mais je ne suis pas naïve. Je sais bien qu'il s'agit d'une illusion, d'une histoire fictive. Les pêcheurs pointus ont presque tous disparu, beaucoup des maisons sont aux mains de Lyonnais ou de Parisiens. Ça fait longtemps que l'eau de mer a remplacé l'eau douce de l'étang, que les algues ont muté, changées en billets, en argent sonnant. Ici comme ailleurs, les hommes ont déversé leurs sulfates et leurs engrais. Il n'y a presque plus rien à pêcher.

Avant de rejoindre Cyril, je repasse par la maison. J'enfile une robe et un gilet. Je me maquille pour dissimuler mes boutons. Mon père a la fâcheuse habitude de scruter et commenter mon physique, mes tenues, ma féminité. Tu es sûre pour ce jean ? Tiens, tu t'es fait une queue de cheval ? Tu n'es pas obligée de porter tes lunettes dans la rue… C'est comme passer un examen auquel on est certain d'échouer.

Je sais, papa, tu m'as faite parfaite et j'ai tout gâché.

Cyril m'a donné rendez-vous dans un café face à la mairie. Il a dit, ainsi, c'est plus près de la pharmacie. Quand j'arrive, il est déjà installé et semble pressé. Voilà ce qu'on va faire, décrète-t-il, je connais Hanner et ce n'est pas le genre à se dévoyer. S'il sait que ton dermatologue l'a arrêté, jamais il n'acceptera de te prescrire de l'Antacné. J'ai réfléchi, la seule solution est de prétendre que tu as oublié ton ordonnance à Paris. Mélanie n'y est pas, ça c'est la vérité. Et on dira que ton dermatologue est en congés, que tu n'as aucun moyen de la récupérer. Je me fais fort de persuader Hanner. Il devait venir ce week-end mais vient d'annuler, ça me donne un avantage, une marge de négociation. Ne bouge pas, je l'appelle. S'il demande à te parler, sois ferme et prends l'air dégagé.

Une demi-heure plus tard, j'ai bien joué ma part et la pharmacienne me tend la plaquette d'Antacné.

Je m'empresse d'avaler un cachet car je m'étais trompée, il ne m'en restait pas assez et je n'ai pu prendre la dose du jeudi. Il était donc temps, d'autant que je sens mes règles arriver et avec elles une nouvelle salve d'acné carabinée. J'hésite à prendre deux comprimés pour me rattraper. La notice l'interdit, mais je demanderais bien ce qu'ils en pensent à mes nouveaux amis du forum Adoacné.

La soirée est sur le point de commencer. Je suis déçue : Claire n'est pas venue. J'aurais dû m'en douter. Elle n'est jamais présente aux anniversaires de mon père. Quelle galère, persifle-t-elle, tous ces ieuves en transe sur la piste de danse, l'angoisse du temps qui passe et les souffrances marquées sur leur face. Quelle déprime ces quinquas en jean et blouson de cuir, ces daronnes aux silhouettes de bobonnes, aux comportements de michetonnes.

J'espérais qu'elle change d'avis. Je comptais lui demander de me faire réviser. Rien que de penser au bac blanc de mardi, j'ai des frissons, des accélérations cardiaques, l'impression d'un tic-tac dans mon ventre, d'une pulsation de mon sang. Comprenez-moi, j'ai l'impression de jouer ma vie.

Une fois la fête passée, les commentaires des invités digérés, je passe le reste du week-end à travailler, entre deux comprimés d'Antacné.

Dimanche soir, Mélanie m'ouvre la porte de notre maison avec méfiance, comme si elle s'attendait à me voir surgir le couteau entre les dents, telle une barbare assoiffée de vengeance, rapport au médicament qu'elle m'empêche de prendre. Elle n'en revient pas de me voir tout sourire. Ça va, mam's, ton concert s'est bien passé, pas trop relou la Picardie ? Je la vois passer ma peau au scanner. J'imagine qu'elle redoutait de me voir couverte d'ulcères. Elle est soulagée de me trouver inchangée. Décidément, à l'endroit de vos enfants, une tache aveugle vient se placer.

Ne voyez-vous donc vraiment rien ? Ou est-ce l'émotion qui oblitère votre vision ?

Je m'installe quelques minutes à ses côtés pour achever de la tranquilliser. Je l'écoute travailler *Harold en Italie* pour un concert en février à Paris. L'altiste d'un ensemble célèbre souffre d'un décollement de la plèvre. On lui a demandé de le remplacer. Enfin, quelqu'un s'est décidé à lui donner sa chance. Dans *Harold en Italie*, le rôle de l'alto est très différent de sa part habituelle au sein d'un concerto, bien plus important. Harold promène dans les montagnes des Abruzzes sa rêverie mélancolique et donne à l'alto la ligne mélodique. Son chant se diffuse et se superpose aux autres chants d'instruments. Un dialogue pénétrant avec l'orchestre s'instaure. Créé par Berlioz pour l'alto Stradivarius de Paganini, *Harold en Italie* est, d'après Mélanie, un ravissement sonore.

Le futur concert à Pleyel s'avère le plus beau cadeau de Noël que ma mère puisse recevoir, le grand dégel, une tour d'ivoire changée en tour de Babel. Le point d'orgue de sa carrière, son Duomo, avec sa coupole, son campanile et son baptistère. Ma daronne a toujours clamé que l'altiste était plus libre et avait plus à dire. Maintenant elle va pouvoir l'exprimer. Mélanie soliste, vous imaginez ? Je comprends mieux sa nouvelle disponibilité. Elle me fait jurer qu'on fêtera ça quand mes bacs blancs seront passés. Je promets. En attendant je dois travailler. Je n'ai pas le temps de me poser. Pas même le temps d'un soupir. Je dois m'y remettre. Pendant la nuit, le rat dans mon ventre se met à gémir.

Cinquième mouvement

24

Roxane, 15 janvier 2018, 9 heures

« *Je suis comme une étincelle* »

— Lonepsi, « Étincelle » —

Lundi matin 15 janvier, je pourrais pleurer tant je suis fatiguée. J'ai calculé : vingt heures de révision en une journée. Je me shoote au café.

Quand Chareau fait son entrée dans la classe, je pense être préparée. Mais il suffit qu'elle écrive deux formules compliquées au tableau pour me tétaniser.

Mon cœur résonne dans ma poitrine vide comme une cloche d'église, un cri dans une cavité. Je me sens tel l'alto démonté électrifié de John Cale, l'alto abrasif bourdonnant de l'*Heroin* du Velvet Underground. Vous connaissez forcément cet enregistrement, il est de votre temps. Mélanie l'écoute souvent.

Je ne comprends pas, je n'y arrive pas. J'aimerais tant que Catherine Lallement soit près de moi.

La sonnerie retentit à midi. Chareau me fait signe de rester. Interloquée, je l'écoute proférer d'un ton indulgent, Roxane, je vous sens très stressée, mais il ne faut pas vous inquiéter pour demain, le bac blanc va bien se passer. Vous vous en sortez très correctement. Vos résultats sont plus qu'encourageants. Beaucoup de bonnes prépas seront, j'en suis sûre, prêtes à vous accepter. Votre angoisse ne me semble pas justifiée.

Je suis terrifiée, je ne cherche qu'une seule chose : m'échapper. J'ai l'impression de trembler. Je regarde mes mains, je crois voir mes ongles onduler.

Je bredouille, désolée madame, je dois y aller, je vais être en retard à mon déjeuner, une table est réservée. L'idée d'ouvrir mon cœur à Chareau me semble inconcevable.

25

François, 15 janvier 2018, 16 h 30

« Il me reste quelques battements »
— Lomepal feat. Roméo Elvis, « 1 000° C » —

Le 15 janvier 2018 à seize heures trente, le nom de Blanchard s'affiche sur l'écran du téléphone de François. Il n'est pas surpris. Cyril est arrivé ce matin à Paris pour un rendez-vous de travail. Il le lui a dit au téléphone, il y a trois jours. Il l'appelle au sujet du café qu'ils se sont promis de prendre.

Quand François rejoint Blanchard à l'hôpital, Roxane est au service des soins intensifs. Au début, il croit qu'il s'agit d'un accident. C'est le mot qui revient dans la bouche de Blanchard, « accident ».

Cyril lui a demandé de venir parce qu'il est son seul ami médecin. Il veut que François parle au personnel soignant, au chef de service. « Vas-y, toi, va les voir, demande, j'en peux plus d'attendre. »

Il y va. On ne lui dit pas grand-chose. Le pronostic vital est engagé. Roxane a fait une chute de quinze mètres. Fractures multiples, le bassin, les deux fémurs, trauma facial, trauma crânien, hématome sous-dural, « c'est pas beau à voir ».

Il faut l'opérer pour drainer le sang, soulager la pression intracrânienne.

À deux heures du matin, au moment où le cœur de sa fille lâche, Blanchard s'est endormi dans la salle d'attente.

Mélanie n'a pas quitté son chevet.

26

Roxane, 15 janvier 2018, 14 heures

« *Descente dans les abysses et ma noyade à contre-plongée* »
— Nekfeu, « 1er rôle » —

De retour au lycée, je croise Rose dans le couloir. Je cherche à exprimer mon anxiété, lui confier mes idées noires, mais elle m'arrête, meuf là je comprends rien, t'es trop essoufflée, t'as couru ou quoi, allez viens, faut se dépêcher, Dumaine va nous engueuler.

Dumaine exige de Prosper qu'il lise un passage de *Germinal* de Zola. Je n'arrive pas à me concentrer. J'ai la nausée. Je n'aurais jamais dû boire ce verre de rosé. J'ai l'impression qu'un danger approche. J'ai peur. J'ai froid. Je me mets à grelotter. Ferdi s'en aperçoit et, de loin, par signes, me demande si ça va. Je ne réponds pas. Je ne peux pas.

Brusquement, j'entends la voix d'un alto.

Allegro.

Je la reconnais, c'est celle de maman.

Un appel d'air chaud et envoûtant.

Mais peu à peu, la mélodie perd en intensité.

Étouffée par mon propre orchestre intérieur et glacé.

Têtu, le rongeur a recommencé à manger.

Un dernier accent, un dernier refrain italien.

Ma respiration bat la mesure pour rattraper l'alto, en vain.

Je n'entends plus que le ramdam du rat dans mes entrailles.

Je perds la bataille.

Ça fait comme des bruits d'eau.

Staccato.

J'ai l'impression de me noyer.

Je ne peux plus du tout respirer.

27

René, 15 janvier 2018, 14 h 10

« *Le plus dramatique c'est pas la chute mais l'atterrissage* »
— Némir, « Ailleurs » —

Vers quatorze heures, lundi 15 janvier, René, l'assistant SVT, aperçoit Roxane sortir de la classe des première S3. Elle se dirige vers lui. L'espace d'un instant, il se demande ce qu'elle trafique. Les cours viennent à peine de reprendre. Les toilettes ne se trouvent pas dans cette direction. Il lui sourit. Il aime bien cette jeune fille qui ne manque jamais de le saluer gentiment. Mais aujourd'hui, Roxane ne répond pas à son signe. Elle halète, semble à bout de souffle. Elle commence une phrase et soudain se fige. Son visage pâlit et devient inexpressif. Très calmement, elle se remet à marcher, d'un pas robotisé, dépasse René, enjambe les barreaux qui entourent la cage d'escalier, et saute.

Il n'a pas pu la retenir. Ça s'est joué à rien.

Quelques secondes de silence ahuri ont précédé le fracas métallique.

28

François, février 2019

« Humain, j'suis plus trop humain »
— Damso, « Humains » —

C'est fini, l'audience est terminée. Maintenant, il faut quitter la salle, attendre le verdict. Il y en a pour un mois environ.

Karevsky le félicite à travers la vitre baissée de sa voiture. « Je ne pensais pas que tu avais ça en toi, tu m'as bluffé. Putain, tu as failli me faire pleurer. » François hoche la tête. Il n'a qu'une idée en tête, rentrer chez lui se coucher.

Il se réveille au beau milieu de l'après-midi dans une maison vide et silencieuse. Quand il se lève, la tête lui tourne toujours mais son esprit s'est éclairci. Il se sent soulagé. Libéré. Vidé.

Plus la pression monte, plus elle nous remplit d'éléments extérieurs impossibles à contrôler mais aussi impossibles à ignorer, lui a un jour dit Laurence. Dans ces conditions, on ne peut faire le vide.

Il s'assied devant le petit bureau de chêne blond que sa femme a installé près de la fenêtre de leur chambre.

Machinalement, il ouvre l'un des tiroirs et cherche parmi les boîtes en carton. À l'intérieur de l'une d'elles se trouve une petite tête d'oiseau séchée. Il lui faut un temps pour reconnaître le talisman de Bintou. Il l'observe, le saisit, le soupèse. Bintou lui avait bien prédit qu'un jour, il ne sentirait pas le danger et se brûlerait. Il ne l'a pas crue. C'est arrivé. De quoi le talisman l'aura-t-il protégé, alors ?

Au moment où il le repose, un choc violent ébranle la vitre de la chambre. Quelque chose a percuté la fenêtre. Il dévale l'escalier et sort dans le jardin. Au pied du saule gît une mésange bleue, renversée sur le dos. Le passereau est mort sur le coup.

Il a déjà entendu parler de ces oiseaux mâles, qui, prenant leur propre reflet pour un rival, se jettent contre la vitre en croyant attaquer l'autre.

Dans l'affaire Blanchard contre Hanner, qui a attaqué qui ? Qui est tombé ? Qui se relèvera ?

François ramasse délicatement la mésange et l'enveloppe dans une feuille de papier absorbant. Il hésite entre la jeter dans le vide-ordures et la déposer au creux d'un buisson. Finalement, il ménage un nid, à terre, près d'une branche.

Troublé, il remonte dans sa chambre, allume l'ordinateur et télécharge son courrier électronique. Le sujet d'un message attire son regard : « Pour le papa de Romain Hanner ».

> « Cher Monsieur Hanner,
>
> Suite à notre rendez-vous de ce matin, je me permets de vous recontacter. Il se trouve qu'après votre départ, j'ai lu les paroles de la chanson

soumise par Romain au concours de slam organisé par notre établissement. Il m'a semblé important que vous en preniez connaissance. Je vous prie de croire que j'effectue cette démarche dans l'intérêt de votre fils, et le vôtre aussi.

Bien cordialement,

Christine Caron »

Quand il a fini de lire, quelque chose crève à l'intérieur de lui.

Il est pris de sanglots courts et convulsifs.

29

Romain, février 2019

« Soit c'est le père ou bien le fils »
— Damso, « Feu de bois » —

Jamais je ne lâcherai mon père
Bien qu'il me laisse abandonné incompris
Enfermé dans son esprit
Et de ma vie fait son affaire

J'ai le cerveau K.O. le cœur trop gros
Dans ma tête j'entends plus la moindre musique
Seul le bruit blanc des mathématiques
L'arithmétique me pèse sur le dos

C'est pas c'que j'avais prévu
J'voulais vivre d'accords et de mots déraillés
Au son des cordes célestes sur un rythme endiablé
J'pensais pas mon futur contenu

Jamais je ne lâcherai mon père
Bien qu'il me laisse abandonné incompris

Enfermé dans son esprit
Et de ma vie fait son affaire

J'voulais écrire des chansons voyager en oblique
J'aime pas additionner multiplier retrancher
Les écrans les lignes les chiffres ordonnés
Si seulement mon père m'avait emmené en Afrique

Le soir, sur la place du village de son enfance,
On aurait joué à cache-cache dans la nuit
Attrapé les morceaux d'étoiles tombés du Tibesti
Quand les tambours accélèrent la cadence

Jamais je ne lâcherai mon père
Bien qu'il me laisse abandonné incompris
Enfermé dans son esprit
Et de ma vie fait son affaire

Une jeune fille est décédée et mon père accusé
D'avoir délivré le mauvais médicament
De s'être cru omnipotent
De l'avoir à son bon vouloir sacrifiée

S'il savait, sur le Net les commentaires qu'on lui fait
Il ne saura jamais, je les ai effacés
S'il savait ce qu'on me dit, sur lui, au lycée
Assassin, tueur d'enfant, médecin raté

Jamais je ne lâcherai mon père
Bien qu'il me laisse abandonné incompris
Enfermé dans son esprit
Et de ma vie fait son affaire

Les voilà les effets secondaires
La perte de tous mes repères.
Depuis je vis l'enfer sur terre
Mais jamais je ne laisserai tomber mon père

30

François, juin 2019

« Je sais des choses que tu ne sais pas »
— Nekfeu feat. Vanessa Paradis, « Dans l'univers » —

Il a eu du mal à la retrouver. Il a marché longtemps parmi les pins, les boules de buis et les buissons de laurier-rose, dans les essences de cyprès et de thym, montant, descendant les escaliers. Il a fallu qu'il demande son chemin.

Romain le suit à pas précautionneux sur le gravier. Le doux roucoulement des pigeons se mêle aux cris énergiques des goélands pour former un chant polyphonique. Le ciel magenta se reflète sur la mer en contrebas, la teintant d'améthyste. Le soleil du soir glisse sur l'eau.

Finalement, la voilà. Elle repose sous une simple croix de granit, au pied d'un magnifique rosier blanc, face à la Méditerranée. L'arbuste est fraîchement planté, soigneusement entretenu.

La concession est à perpétuité, un privilège de la famille Blanchard. Personne ne viendra jamais la déranger.

Juste à côté se trouve la tombe d'une autre jeune fille, Marie-Rose Goudard, morte, elle aussi, à seize ans, cent ans auparavant. Son extravagant tombeau orné d'un ange en marbre de Carrare constitue l'une des curiosités du cimetière marin.

Un couple de touristes anglais demande à Romain de les prendre en photo devant l'ange immaculé. Le garçon s'arrange pour que la croix de Roxane figure en arrière-plan sur le cliché. « Ainsi, elle voyagera », déclare-t-il à son père.

En retour, François lui sourit, même s'il ne parvient pas à trouver la mort de Roxane poétique. Le suicide d'une adolescente n'est jamais romantique, mais injuste, révoltant.

Il y a quelques mois, à sa demande, François a offert un appareil argentique à Romain. Il s'avère que son fils est extrêmement doué en technique photographique. Romain maîtrise aussi parfaitement l'outil informatique. Il a réussi à tracer l'origine des commentaires malveillants que les présumés patients du docteur Hanner avaient laissés sur son compte Google. Tous provenaient de l'ordinateur de Denis. Romain a piraté le compte mail de l'associé de son père, isolé les messages envoyés par Denis aux docteurs Renaud Sire et Gabrielle Géraut, principaux correspondants de François, les informant du procès en cours affectant le cardiologue au point, d'après lui, de le rendre inapte à opérer. Seul Renaud Sire a cru Denis et lui a adressé ses patients nécessitant une coronarographie. Gabrielle Géraut est restée fidèle à François. Le mois prochain, tous deux s'installeront ensemble dans un cabinet refait à neuf à Vaucresson. Denis ne s'y est pas opposé. Romain a également trouvé l'existence d'un compte off-shore alimenté par le laboratoire turc qui lui offrait des stents.

Le couple d'Anglais a disparu, remplacé par une femme blonde en jean et T-shirt, perdue dans la contemplation de la mer violacée. Quand elle se retourne, François reconnaît la jeune fille ayant assisté à l'audience du Conseil de l'Ordre en février dernier. L'apercevant à son tour, elle esquisse un geste de surprise et s'avance vers lui.

« Bonjour… Est-ce que vous vous souvenez de moi ? Je suis Claire, la fille de Manon, la belle-fille de Cyril. »

Il hoche la tête poliment, lui tend la main. Quelques secondes passent. Et puis il ne peut s'empêcher de lui demander : « Comment va-t-il, Cyril ?

– Je ne sais pas, répond Claire, le visage soudain durci. Ma mère et lui viennent de se séparer. »

François l'ignorait. Depuis le procès, il n'a plus eu aucune nouvelle de Blanchard. Le mois dernier est sorti en librairie un hors-série des Aventures de Blake et Mortimer, *Le Dernier Pharaon*. Blake et Mortimer se sont perdus de vue et se retrouvent des années plus tard dans un Bruxelles apocalyptique ravagé par d'étranges radiations, cheveux grisonnants pour l'un, moustache blanche pour l'autre. Depuis qu'il étudie ces rayons malfaisants, Mortimer souffre de cauchemars. La clé de l'énigme se trouve dans l'histoire d'origine, *Le Mystère de la Grande Pyramide*. Elle est donnée à la fin de l'album par un personnage féminin, sans doute le premier d'envergure depuis la création de la célèbre bande dessinée. Le dessin a changé, il est beau, mais François n'a pas retrouvé ses sensations de jeunesse. Il ne sait pas bien quoi en penser. Il ne croit pas qu'il reverra Blanchard.

« J'ai cherché à vous joindre, mais je n'avais pas vos coordonnées, reprend Claire, les yeux baissés. J'ai assisté à l'audience. Je suis heureuse que vous ayez été acquitté.

– La mère de Roxane a fait appel, vous savez, précise François. Et il y a aussi le procès civil. Ce n'est pas fini. »

Claire le jauge de son regard cristallin.

« Est-ce qu'on peut lui en vouloir ?

– Non, concède tristement François. On ne peut pas. »

Claire se tourne vers Romain.

« Tu es en quelle classe ?

– Seconde.

– Ah, l'année prochaine, c'est la réforme, non ? Tu as choisi quelles spécialités ?

– Littérature, Langues et Numérique. »

François pose sa main sur l'épaule de son fils.

« Il écrit de magnifiques poèmes. »

Gêné, Romain fait quelques pas en arrière.

« Papa, je vais rejoindre maman dehors. »

François l'observe s'éloigner et sortir du cimetière. Sa silhouette en forme de point d'interrogation, sa démarche pataude. Dès qu'il regarde son fils, son cœur se met à palpiter. Une palette d'émotions l'envahit, qu'il ne pourrait décrire autrement qu'en invoquant la *Chaconne* de Bach, le dernier des cinq mouvements de la Partita n° 2 pour violon solo, un morceau ferme et fragile, dense et continu, d'une intensité inégalée, une musique qui dilate le cœur.

« J'aimais beaucoup Roxane, lui confie Claire. Pourtant je n'ai pas été là pour elle quand il le fallait. »

Elle considère François, et puis :

« Elle m'a appelée, vous savez, juste avant de… Je n'ai pas répondu. J'étais en train de travailler, j'ai eu la flemme de décrocher. »

François l'écoute avec attention.

« Elle m'a laissé un message. Je l'ai conservé. Je voudrais vous l'envoyer. Pouvez-vous me donner votre numéro de téléphone ? »

Finale

31

Roxane, 15 janvier 2018, 13 h 50

« *Aint' nobody prayin' for me* »
— Kendrick Lamar, « Feel » —

« Claire… T'es pas là ? Je voulais… Te parler tu vois… J'ai besoin de toi… Je viens de déjeuner avec papa… C'était horrible… Là je dois aller en cours… S'il te plaît rappelle-moi. »

32

François, août 2019

« J' partirai jamais en laissant l'histoire inachevée »
— Casseurs Flowters, « Inachevés » —

Assis sur un fauteuil en osier, près du saule pleureur dont les feuilles dentées portent prématurément la marque rousse de l'automne, François compulse son vieux dictionnaire médical.

Instinctivement, il s'arrête à la lettre R.

Entre *raphé* et *rash*, un mot retient son attention :

« RAPTUS, subst. masculin. Impulsion paroxystique à type de décharge explosive, souvent violente, à la limite de l'activité volontaire et du réflexe : agression meurtrière, automutilation, fuite éperdue, suicide. »

Il se souvient de son questionnement intérieur au sujet de ce terme, « suicide », dont il pressentait qu'il ne qualifiait pas correctement l'acte de Roxane.

Raptus. Un enlèvement à soi-même.

Le voilà, le mot juste.

Petit lexique
à l'intention des darons et des daronnes

After : soirée ou réunion après la soirée principale.
S'ambiancer : se mettre en condition, se motiver pour une soirée.
Archi : synonyme de super, très, trop (à associer avec autre mot).
Askip : à ce qu'il paraît.
Backeur : premier soutien vocal et scénique du rappeur lors des concerts.
Bad (être en), **bader** : déprimer, avoir un problème.
Badass : dur à cuire, cool.
Bae : quelqu'un dont on est très proche, petite amie (« ma bae »).
Bails : machin, chose, truc ; désigne tout et n'importe quoi, y compris les préliminaires.
Balec (s'en) : s'en foutre.
Barre (se taper une ou des) : avoir un fou rire.
Bédaver : fumer un joint.
Bédo : joint, pétard.
Before : soirée ou réunion avant la soirée principale.
Besta : la meilleure.
Bête (de) : vachement.
Beuh : marijuana.
BFF : meilleur ami (*best friend forever*).

BG : beau gosse.
Bi-atch : salope.
Bicraver : dealer de la drogue.
Bim (boum) : dans le mille.
Boloss : victime, boulet; contraire de branché.
Bouffon : ridicule, débile.
Boule : cul, fesses.
Bourbier : merde (au sens merdique).
Bro : frère, ami proche (brother).
Caillera : racaille.
Canard : garçon soumis à sa petite amie.
Cassos : cas social.
Charo : qui drague beaucoup (abréviation de « charognard »).
Chéper : perché (au sens de « bizarre »).
Chiller : se détendre, prendre du bon temps.
Chiner : draguer.
Chtarbax : dingue.
Clasher : casser (avec des mots).
Confiance (prendre la) : avoir la grosse tête.
Cons' : drogue (prononcer [*cons*]).
Crème (ça passe) : c'est tranquille, impeccable.
Cute : mignon.
Dar : synonyme de stylé, cool (« c'est dar »).
Daron, daronne : père, mère.
Dead ça (avoir) : avoir réussi, gagné.
Déchiré : ivre mort, drogué.
Déchirer : être cool.
Déso : désolé(e).
Déter : déterminé(e).
Deuspi (en) : vite fait.
Disketteur : menteur, manipuleur.
DST : devoir sur table.

S'enjailler : s'amuser.
Faya : défoncé (drogué).
Forceur : draguer avec lourdeur, lourd.
Frais, fraîche : beau, belle, sexy.
Frappe : beauté.
Frère, frérot : ami.
Friendzone : on est amis, pas plus.
Gadjo : garçon.
Gaulé : bien foutu (s'applique au corps).
Ghoster : exclure.
Goal : objectif.
Gow : femme, petite amie.
Gros : synonyme de frère.
Guedin : dingue.
Iencli : client (qui achète de la drogue).
Iep : pied.
Ieuv (ieuves) : vieux (vieilles).
Jaser : parler derrière le dos de quelqu'un.
Jogoss : jogging, par extension ceux qui en portent.
Ken : avoir un rapport sexuel, baiser.
Kiffer : aimer.
Liker : aimer une photo ou un message sur les réseaux sociaux.
Loucedé (en) : en secret.
Matcher : bien s'entendre.
Matrix : obsédé.
Mème : texte, image ou vidéo pris sur Internet et détourné de manière parodique.
Meuf : femme ; faire sa meuf : se la jouer.
Mif : famille.
Miskine : ma ou la pauvre, pauvre de moi.
Mode (en) : du style, du genre.
Mood : humeur.

Mort (c'est mort) : c'est terminé, foutu.
Moula : argent.
Ouf : top.
Oufissime : topissime.
PACES : première année commune aux études de santé.
Pécho : embrasser sur la bouche (rouler une pelle).
Pépite : au top, jolie.
Phaser : être abruti suite à la prise de drogue.
Pilon : joint.
PLS (être en PLS) : en panique, humilié (PLS pour position latérale de sécurité).
Pookie : une balance.
Posey : être bien, confortable.
Poto, pote : ami.
Prèf : préféré(e).
Race (se mettre une race) : se saouler.
Rageux : en colère, agressif pour rien.
Reuf : frère en verlan, ami.
Reum : mère.
Rush (dans le rush) : en vitesse.
Saucé : content.
Sbah : matin.
Scred (en scred) : en secret.
Serrer : sortir avec (embrasser).
SES : sciences économiques et sociales (autrefois éco).
Seum (avoir le seum) : l'avoir mauvaise, être dégoûté.
Sexto : texto sexuel.
Snap : message posté sur Snapshat.
Story : vidéo éphémère sur les réseaux sociaux.
Stremon : monstre, en verlan.
Stylé : à la mode ; super bien.
SVT : sciences et vie de la terre (autrefois sciences nat).

Target : cible.
Tarpin : trop, très (expression marseillaise).
Tèj' : jeter, larguer.
Téma : verlan de mate, signifie : regarde.
Tess : cité.
Teucha : sexe féminin, chatte.
Teuf : fête.
Thug : voyou.
Tiser : picoler.
Torché : bourré, ivre.
Trankil : expression pour dire « cool, t'inquiète ».
Tromé : métro.
Veski : esquiver.
Vie (vivre sa meilleure vie) : vivre un moment fantastique.
Vocaux : messages vocaux sur Snapshat ou Instagram.
Wallah : interjection, « Par Dieu, je te jure ».
Weed : marijuana.
Wesh : exclamation signifiant l'étonnement, « Eh bien, ça va ».
Zouz : fille, femme.

Remerciements

Je n'aurais jamais pu écrire ce texte sans l'accord, le soutien, l'aide de ma fille aînée.

Merci aux adolescents et aux jeunes adultes qui ont accepté de me parler.

Merci à Géraldine, ma chère amie cardiologue qui a bien voulu que je me tienne à ses côtés tandis qu'elle exerçait ses talents.

Merci aux médecins, musiciens, enseignants et avocats qui m'ont fait confiance.

Merci, donc, à Aida, Alessandro, Armelle, Blandine, Catherine, Chantal, Charlotte, Claire, Cléophée, Constantin, Djamel, Erwan, Eva, Georges, Hana, Inès, Jean-Marcel, Jeanne, Juliette, Justine, Lina, Lorenzo, Marie, Michel, Nathalie, Nicolas, Nour, Pauline, Patrick, Roland, Rosalie, Sarah, Serena, Victoire.

Merci à Liana Levi et Sandrine Palussière, mes très précieuses et précises éditrices.

Merci à Amélie Dor et Élodie Pajot, mes très charmantes et énergiques fées des Éditions Liana Levi.

Merci à Charlotte Hellman, ma première lectrice, pour ses conseils avisés.

Merci à Marie Le Moigne dont la thèse de doctorat m'a considérablement éclairée sur le fonctionnement de l'isotrétinoïne.

Merci à Émilie Frèche pour son idée de titre.

Merci à ma fille cadette pour son soutien indéfectible et son extrême finesse.

Enfin, et toujours, merci à Arthur.

Achevé d'imprimer sur Roto-Page en août 2022
par l'Imprimerie Floch à Mayenne
N° d'impression : 100773
Dépôt légal : août 2022

Imprimé en France